Wioleta Strzelczyk

Charlotte

NOVAE RES

I

Leżę na wielkiej kanapie w salonie swojego apartamentu, wpatrując się w panoramę pięknego Londynu. Z szesnastego piętra apartamentowca w centrum najbogatszych dzielnic widok zapiera dech w piersiach, choć na mnie nie robi już takiego wrażenia jak na osobach, które po raz pierwszy go zobaczą. Apartament jest piętrowy. Na dolnym piętrze znajduje się ubikacja dla gości i ogromna, nowoczesna kuchnia połączona z jadalnią, w której stoi okrągły stół na 12 osób – podobnie jak kuchnia, nigdy nie jest używany. Z kuchnio--jadalni przechodzi się do dużego salonu z przeszkloną ścianą. Na górę prowadzą marmurowe schody, a tam znajduje się moja sypialnia oraz dwa pokoje gościnne; każdy pokój posiada łazienkę, przy czym największa i najbardziej luksusowa jest moja.

Odpoczywam i czytam artykuł w gazecie, którego nagłówek głosi: „Charlotte Verdet znów się bogaci". Jestem dumna, bo lubię czytać o sobie. Rozmyślam o tym, co udało mi się osiągnąć przez ostatnie dwa i pół roku, i wspominam przeszłość, którą zostawiłam za sobą – choć było to stosunkowo niedawno, wydaje mi się, jakby od tego czasu minęły wieki. Pomyśleć, że posiadam większość udziałów w LONDON DEVELOPMENT, firmie, która zagarnęła 59% angielskiego rynku nieruchomości! Jest jak moje dziecko, to ja ją odbudowałam i jestem z niej dumna. W szybie widzę swoje odbicie, uśmiecham się do siebie, bo chyba naprawdę jestem szczęściarą, chociaż to nie tylko kwestia szczęścia, ale też ciężkiej pracy, także nad sobą. Widzę szczupłą dziewczynę, 170 cm wzrostu, kształtny biust bez poprawek i zgrabny tyłeczek, jasnobrązowe włosy opadające na ramiona, duże piwne oczy z gęstymi rzęsami i wyraziste kości policzkowe. Choć mam dwadzieścia pięć lat, wyglądam znacznie młodziej. Gdy już stałam się sławna i rozpoznawalna dzięki swojej firmie, moja uroda zachwycała licznych znanych projektantów, którzy zasypali mnie propozycjami współpracy; ich ubrania wyglądają na mnie doskonale, przez co dostaję ich całe góry. Mam cudownego chłopaka i osiągnęłam sukces zawodowy, tak, mogę powiedzieć, że jestem szczęśliwa. No, może nie znalazłam nigdy prawdziwej przyjaciółki, którą zawsze chciałam mieć, ale widocznie nie można mieć wszystkiego. Teraz, gdy jestem znana i bogata, znalazłoby się wielu „przyjaciół", ja jednak trzymam ich na dystans, bo mimo iż nie żyję na tym świecie długo, już doskonale zdążyłam poznać prawa, jakimi się rządzi. Z zadumy wyrwał mnie dźwięk SMS-a, to Ryan.

„Przyjechać po Ciebie, czy spotkamy się na miejscu o 17?"

Spoglądam na zegarek w telefonie. Piętnasta trzydzieści, już? Muszę przecież jeszcze wziąć prysznic.

„Na miejscu."

Idę na górę i biorę szybki prysznic. Jak zwykle robię delikatny makijaż, układam pospiesznie włosy, które zazwyczaj ze mną współpracują, i staję przed szafą w samej bieliźnie. Teraz będzie trudniej, zastanawiam się, co mam na siebie włożyć, okazja przecież jest nie byle jaka, bo nasza piąta rocznica związku, biorę czarną sukienkę do połowy uda, na ramiączkach, z odkrytymi plecami, i czarne wysokie szpilki. Sukienka jest dosyć prosta, ale w połączeniu z butami i dodatkami wygląda ładnie i elegancko. Ostatnie poprawki, perfumy i już stoję w windzie zjeżdżającej na ulicę. Łapię taksówkę, o dziwo, nie ma korków, dzięki czemu już za dwadzieścia minut jestem na miejscu, to nawet szybciej, niż się spodziewałam. Ruch pod restauracją „Criterion" jest dziś duży. Gdy tylko przechodzę przez drzwi, wita mnie kierownik sali.

– Dzień dobry, witamy w „Criterion", czy mogę prosić o nazwisko, na które była dokonana rezerwacja? – powiedział, uśmiechając się uprzejmie.

– Devon. – Raczej nie wdaję się w żadne dyskusje z obsługą. Nawet nie silę się na uprzejmości czy też uśmiech względem nich. Często też, gdy mam nie najlepszy dzień, odbija się to na moich podwładnych w pracy lub sprzątaczce Marii – gdyby nie fakt, że dobrze jej płacę, na pewno już dawno by się zwolniła.

– W takim razie zapraszam ze mną, stolik już czeka, niestety pana Devona jeszcze nie ma. Podać może pani coś do picia? – pyta jeszcze grzeczniej kierownik, odsuwając krzesło, abym mogła usiąść; chyba sprawiam, że się denerwuje.

– Poczekam – odpowiadam tak samo obojętnie.

– Oczywiście – ukłonił się i oddalił w pośpiechu, wie, że ludziom przychodzącym do tej restauracji nie można się narzucać, gdyż bardzo tego nie lubią, a podpadnięcie im może skończyć się stratą pracy.

Rozglądam się po sali, którą dobrze znam. Pamiętam, jak byłam tu po raz pierwszy, Ryan mnie tu zabrał, aby uczcić sukces mojej firmy. Od tej pory jest to nasza restauracja. Dokładnie nawet pamiętam, co sobie wtedy myślałam, myślałam, że chcę należeć do tego świata, zmotywowało mnie to, aby jeszcze ciężej pracować. Spoglądam po stolikach, widzę całą śmietankę towarzyską Londynu, większość już znam, dużo osób mi się kłania i ja też grzecznie pozdrawiam ich serdecznym uśmiechem. Po całej sali biegają kelnerzy nadskakujący gościom. Na ramionach czuję czyjeś dłonie, a na głowie pocałunek, obracam się, to Ryan, wygląda niesamowicie.

Ryan jest bardzo przystojnym dwudziestopięciolatkiem, wysokim, 180 wzrostu, i ma niezwykle wyrzeźbione ciało – wygląda, jakby rzeźbił je sam Fidiasz. Muskularny, bez grama tłuszczu, o brzoskwiniowej cerze, krótkich, potarganych blond włosach i hipnotyzujących błękitnych oczach, zawsze gustownie ubrany. W ręku trzyma ogromny bukiet czerwonych róż.

– Cześć, skarbie, wszystkiego najlepszego z okazji rocznicy, ślicznie wyglądasz, dziękuję za kolejny rok, który ze mną wytrzymałaś – uśmiecha się figlarnie i całuje mnie w policzek, po czym siada naprzeciwko.

– Cześć – odpowiadam i cała się rozpromieniam, zawsze przy nim taka jestem, nawet w najgorszym dniu jego widok poprawia mi nastrój.

Kelner już stoi przy naszym stoliku z kartami, bierze kwiaty, które wsadza do wazonu, i pyta, co podać do picia.

– Dwa razy woda gazowana z miętą i limonką – odpowiada Ryan, który doskonale wie, co ma zamówić, bo jeśli chodzi o napoje, to jestem bardzo wybredna i jest niewiele rzeczy, które wypiję. Zamawiamy danie dnia szefa kuchni, po czym kelner bierze karty i oddala się, aby nam nie przeszkadzać.

– Więc jak ci minął ten wyjątkowy dzień? – uśmiech nie schodził mi z twarzy.

– Dobrze, ale byłby jeszcze lepszy, gdybym mógł go spędzić z tobą – Ryan wie, jak mnie podejść i sprawić, aby dziewczyna czuła się wyjątkowa. – A tobie? Jak w pracy? – Podchodzi kelner i stawia przed nami zamówione napoje.

– Dobrze, chociaż pracowicie, miałam dziś dwa spotkania, no i jeszcze otwieramy dwa nowe oddziały w Europie, a z tym jest dużo pracy, wiesz, nie możemy sobie pozwolić na przeciętność – mówiąc to, uświadamiam sobie, że nie lubię tak zwanej przeciętności, dla mnie wszystko jest albo czarne, albo białe. – A ty co dziś robiłeś, miałeś chyba jakąś sesję?

– Tak, robiliśmy dziś sesję dla nowego zapachu, spodobało mi się połączenie mojego treningu i perfum, chcą to wykorzystać. – Ryan jest zawodnikiem sztuk walki i modelem, dostaje ostatnio dużo ofert pracy i w jednej, i w drugiej dziedzinie, przez co mniej się widujemy.

– Jestem przekonana, że reklama okaże się sukcesem.

Rozmawiamy, opowiadając o swoim dniu i śmiejąc się, aż kelner przynosi nam zamówione dania. To filet z kurczaka faszerowany truflami, podany na sałatce, wygląda apetycznie. Czując, jak pachnie, uświadamiam sobie, że jestem głodna.

– Widzę, że ci smakuje – powiedział z szelmowskim uśmiechem Ryan, patrząc, jak z apetytem i trochę zbyt szybko pochłaniam swoją porcję.

– Bardzo. – Gdy kończymy jeść, Ryan chwyta moją dłoń i ją całuje.

– Jeżeli już się najadłaś, to może pójdziemy do domu, żeby się trochę sobą nacieszyć? – dodał uwodzicielsko.

– Hmm, myślę, że to dobry pomysł. – Ryan spojrzeniem przywołuje kelnera i płaci rachunek.

– Więc gdzie jedziemy, do ciebie? – pyta, otwierając mi drzwi.

– Tak, i to jak najszybciej. Otwiera mi drzwi swojego drogiego i szybkiego sportowego samochodu i tak samo szybko jak przedtem udaje nam się pokonać drogę powrotną, parkujemy na podziemnym parkingu i wsiadamy do windy. Gdy drzwi się za nami zamykają, przyciska mnie do ściany, łapie dłonią za brodę, unosi w górę i całuje tak namiętnie, że aż uginają mi się nogi. Kładę ręce na jego klatce piersiowej i torsie, dotykam go i delektuję się pocałunkiem. Ryan nie lubi publicznie okazywać uczuć, za to gdy jesteśmy sami, potrafi to nadrobić.

– Myślałam o tym cały dzień – mówię, gdy odrywa usta, a jego twarz jest w odległości pięciu centymetrów od mojej.

– Zaraz ci pokażę, o czym ja myślałem cały dzień – odpowiada z uśmiechem niegrzecznego chłopca.

Drzwi od windy się otwierają i wchodzimy do salonu, bierze mnie za rękę i prowadzi do góry, do sypialni, zsuwa ze mnie sukienkę, która spada na podłogę, stoję przed nim w samej bieliźnie, zdejmuje szybkim, zdecydowanym ruchem swoją koszulę. Kładzie mnie na łóżko, a sam nachyla się nade mną i przystępuje do całowania, zaczyna od ust i schodzi coraz niżej, dociera do piersi, rozpina i zdejmuje stanik, zbliża się do brzucha, na którym składa delikatne pocałunki. Podnosi się, opiera się na rękach, nogi ma między moimi nogami, zaczynam rozpinać i zdejmować jego spodnie, pomaga mi w tym, jest nagi, ja po chwili też, wchodzi we mnie. Całuję go namiętnie, porusza się coraz szybciej, dotyka całego mojego ciała, piersi, pośladków, ud. W pewnym momencie przestaje.

– Chcę cię całą widzieć i dotykać – mówi zdyszany.

Podnosi się, bierze mnie na ręce i sadza na sobie, podskakuję na nim w górę i w dół, zamykam oczy, wyginając się przy tym z rozkoszy, a on patrzy na mnie i dotyka moich piersi, drażniąc sutki dłońmi, przez co odczuwam jeszcze większą przyjemność. Dochodzi parę minut po mnie, opadamy wyczerpani na kanapę, patrzę mu w oczy i delikatnie go całuję.

– Bardzo cię kocham, jeszcze raz wszystkiego najlepszego z okazji rocznicy – mówię.

– Ja też. Może weźmiemy prysznic i się położymy? Jest nasza rocznica, więc zostanę na noc.– Nigdy nie zostaje, woli zawsze nocować w swoim domu i nie lubi, gdy się go dotyka po seksie, no trudno, taki już jest, a ja muszę to akceptować.

– Cudowny pomysł – uśmiech nie schodzi mi z twarzy, patrzę na niego jak na najważniejszą rzecz w moim życiu, kocham go i nie wyobrażam sobie, żeby go nie było. Bierze mnie za rękę i prowadzi do łazienki. Bierzemy prysznic i kładziemy się na o wiele za dużym jak na dwie osoby łóżku naprzeciwko siebie, twarzą w twarz.

– Jakie masz plany na jutrzejszy dzień, może się zobaczymy? – pytam, robiąc wielkie oczy i proszącą minę.

– Wiesz, że bym chciał, ale nie dam rady, mam trening, spotkanie prasowe, nie rób takiej miny, bo mi przykro, że muszę ci odmówić.

– No dobrze, pewnie mi wynagrodzisz to, że musiałam tak bardzo tęsknić, przy następnej okazji – mówię zaczepnie.

– Jasne, że tak, ale teraz już idziemy spać, bo rano muszę wcześnie wstać, a jestem trochę zmęczony, wymęczył mnie ten dzień i ty – uśmiecha się uwodzicielsko, całuje mnie na dobranoc i zasypiamy, trzymając się za ręce.

Budzę się ze snu, nie pamiętam, co mi się śniło, ale wiem, że nic przyjemnego, jestem dziwnie niespokojna, patrzę na zegar wiszący na ścianie, jest 3.37 w nocy. Spoglądam na śpiącego obok mnie Ryana, wygląda tak niewinnie i spokojnie, gdy śpi, uspokaja mnie jego widok. Lubię tak leżeć i na niego patrzeć. Przypomina mi się, jak się poznaliśmy – ja zagubiona studentka pierwszego roku z małej miejscowości, a on niesamowicie przystojny i uwodzicielski miejscowy. Najprzystojniejszy chłopak na roku, kochało się w nim większość dziewczyn, byłam wtedy jeszcze niepewna siebie, zakompleksiona i nawet nie miałam odwagi o nim marzyć. Pewnego dnia koleżanki wyciągnęły mnie na imprezę. Gdy stałam sama przy barze, podszedł do mnie i zagadał, postawił drinka i tak miło spędziliśmy wspólnie wieczór, siedząc i rozmawiając. Na koniec odwiózł mnie do domu. Pamiętam, że po powrocie unosiłam się nad ziemią, uśmiech nie schodził mi z twarzy i długo nie potrafiłam zasnąć. Myślałam, że to sen, ale przyjemnie było go śnić. Następnego dnia na uczelni nie spodziewałam się niczego, wiedziałam, że dla niego ten wieczór nie był tak niesamowity jak dla mnie, nie miałam nawet pojęcia, dlaczego chciał spędzić go w moim towarzystwie. Myślałam, że będzie tak jak do tej pory: będziemy znajomymi z roku, będę go spotykać, rzucając przelotne cześć, i patrzeć, jak wygłupia się z kolegami i podrywa dziewczyny, będąc najprzystojniejszą duszą towarzystwa w całym Londynie. Nie smuciło mnie to jednak, raczej podniosło moją samoocenę, bo taki chłopak jak on raczej nie rozmawia ze wszystkimi dziewczynami, a już na pewno nie spędza z nimi całego wieczoru.

Nazajutrz stałam z koleżankami pod salą, czekając na wykład, oczywiście musiałam odpowiadać na niekończącą się serię pytań dotyczących wczorajszego wieczoru. Nagle usłyszałam głos za swoimi plecami: „Też taka niewyspana jak ja? Bo jakoś wczoraj nie potrafiłem zasnąć po powrocie do domu"; to był Ryan. Odwróciłam się, a dziewczyny od razu odeszły. „Polecam na to kawę, mnie pomaga, może tobie też pomoże" powiedział i podał mi jeden z kubków z kawą, które trzymał. Odebrało mi mowę, kątem oka widziałam, jak wszyscy na nas patrzą, dziewczyny z zazdrością szeptały między sobą: „Dlaczego on przynosi jej kawę?". Ryan nawet na nie nie spojrzał, patrzył tylko na mnie, sala się otworzyła, przepuścił mnie przodem i usiadł obok. Byłam tak zaskoczona i zawstydzona tym, że wszyscy na nas patrzą, że nie odezwałam się ani słowem. On był miły, robił głupie miny, gdy wykładowca straszył nas egzaminem, i uśmiechał się do mnie tak, jak to tylko on potrafi. Popijałam kawę, mimo że jej nie lubię. Do dziś nie piję kawy, ale wtedy posłusznie ją wypiłam, nie mając śmiałości mu odmówić. Po wykładzie z szelmowskim uśmiechem powiedział, że miło było ze mną znowu porozmawiać, chociaż wczoraj byłam bardziej rozmowna. Zdałam sobie sprawę z tego, że jak idiotka praktycznie się nie odzywałam. Pożegnał się, dodając, że ma nadzieję na ponowne spotkanie wkrótce. Nie mogłam w to uwierzyć. Czułam się tak, jakbym to wszystko obserwowała z boku, latałam, przyszło mi do głowy, czy aby on się z kimś nie założył i nie jestem tylko obiektem głupiego żartu, ale szybko odsunęłam od siebie tę myśl. Ja i on, on się mną zainteresował, a może wcale nie, zresztą czy warto tak się nad tym wszystkim dogłębnie zastanawiać? Czułam się cudownie i właśnie tak chciałam się czuć już zawsze.

Po całym dniu, który minął mi wspaniale, siedziałam w domu i pisałam nudny referat, aż tu nagle dzwonek do drzwi. Zastanawiałam się kto to, nikogo akurat nie było w domu (za czasów studenckich mieszkałam w trzypokojowym mieszkaniu z dwoma świetnymi współlokatorkami). Leniwie, ubrana w dres poszłam otworzyć drzwi i nie uwierzyłam własnym oczom, to był Ryan. „Cześć, przepraszam, że tak bez zapowiedzi, ale w sumie nie dałaś mi nawet swojego numeru, więc nie miałem się jak z tobą skontaktować, wiedziałem tylko, gdzie mieszkasz, w końcu cię wczoraj tu odwiozłem. Zajęta jesteś? Bo chciałem cię oprowadzić po Londynie, jakiego jeszcze nie znasz." Zgodziłam się i spędziliśmy cudowny wieczór, pokazał mi świetne, oryginalne restauracje, piękne widoki i miejsca, o których nie piszą żadne przewodniki. Odprowadził mnie pod dom, a ja mu zaproponowałam, aby jeszcze wszedł. Kochaliśmy się wtedy namiętnie, był taki czuły i delikatny, pytał, czy na pewno tego chcę i czy wszystko ok, nawet został na noc. Rano pocałował mnie i podziękował za wczoraj, mówił, że było idealnie, potem pojechał do domu. Źle się czułam z tym, że tak szybko mu uległam, bałam się, że to już koniec, że dostał to, czego chciał, i mój sen już się skończy. Było jednak inaczej. Gdy mnie zobaczył wieczorem na uczelni, pocałował mnie przy wszystkich, zachowywał się, jakbyśmy byli razem, i już tak zostało. Potem zrezygnował ze studiów i zaczął zawodowo uprawiać mieszane sztuki walki, zrobił ogromną karierę, zawsze go wspierałam i byłam z niego dumna, gdy jego nazwisko pisano coraz większymi literami. Wiele się zmieniło od tego czasu, ale nie moja miłość do niego, ona nie minęła, jedynie się umocniła. Nasze początki są najpiękniejszymi wspomnieniami, jakie mam.

II

Gdy się obudziłam, zegar wskazywał ósmą dwadzieścia. Ryana już nie było, wyszedł tak cicho, że nawet się nie ocknęłam, a szkoda, chciałam się z nim pożegnać. No nic, pora wstać i trochę o siebie zadbać, pojadę na siłownię.

Wstaję, szybko ubieram sportowy strój i godzinę później jestem już na najdroższej i najbardziej snobistycznej siłowni w mieście. Od wejścia obsługa stara się robić wszystko, żebym była zadowolona. Szczerze mówiąc, trochę mnie to denerwuje, gdyż są nieco nachalni w swojej uprzejmości, gdyby mogli, to by nawet ćwiczyli za mnie, abym ja się nie musiała męczyć. Zawsze marzyłam o takich miejscach i takim traktowaniu, a teraz, gdy już to mam, najchętniej uciekłabym do jakiegoś małego klubu, gdzie nie ma takich „wysokich standardów" jak tutaj, niestety nie mogę tego zrobić. Ludzie myślą, że jestem wolna, a to nieprawda, niby mam pieniądze, mogę wszystko, a paradoksalnie nie mogę zmienić nawet siłowni. Chodzą tu wszyscy podobni mi ludzie i muszę tu bywać, jeżeli chcę należeć do tego towarzystwa, być dobrze postrzegana i łapać kontakty, takie pogawędki na bieżni dobrze wpływają na moje interesy. Kiedyś może przestanę przestrzegać tych wszystkich niepisanych reguł, ale jeszcze nie teraz. Nie mam zamiaru więcej narzekać, bo to było moje największe marzenie i muszę o tym pamiętać. Akceptuję ten świat ze wszystkimi jego wadami i zaletami, zawsze dostrzegając zalety i bagatelizując wady: przecież obsługę klubu mogę zbyć, będąc opryskliwa, jak to mam w zwyczaju, a niektórych ludzi tu ćwiczących naprawdę lubię.

Zacznę może od bieżni, lubię się męczyć, wysiłek fizyczny sprawia, że czuję się lepiej. Nie zmuszam się do ćwiczeń, jak robi to większość ludzi, mimo że presja perfekcyjnego wyglądu jest bardzo silna w tym świecie i mnie też dotyczy. Rozglądając się po sali, widząc idealne ciała modelek i ich wątpliwą zdolność do poprawnego składania zdań po angielsku, można zauważyć, co jest dla nich najważniejsze; młode dziewczyny inwestują tylko w swój wygląd, aby zdobyć bogatego męża, a co dziwniejsze, świat to akceptuje, akceptują to mężczyźni, biorąc sobie za żony takie dziewczyny. To jest jak układ biznesowy, mimo że się tego nie mówi, obie strony wiedzą, jak to ma wyglądać: twoim zadaniem jest dbać o mnie, rozpieszczać i utrzymywać, w zamian za to nie będę zwracać uwagi na twoje zdrady, brak czasu, będę ci towarzyszyć, abyś mógł się mną chwalić przed znajomymi i w żadnym wypadku nie przytyję. Nic nowego nie odkryłam, chociaż ja nie mogłabym tak żyć, nie powinnam krytykować takich dziewczyn, każdy ma swoje marzenia i sposób, w jaki je spełnia, to nic złego. Nawet to szanuję i podziwiam determinację, bo niektórzy nie robią nic, aby zbliżać się do swojego celu. Po dwóch godzinach spędzonych na intensywnych ćwiczeniach i rozmowie z koleżanką wychodzę z budynku klubu i zmierzam w stronę samochodu. Muszę jechać do domu, zjeść lunch i się przebrać. Dzień jest słoneczny, po południu pojadę jeszcze do firmy i może wybiorę się na jakieś zakupy.

– Dzień dobry, Charlotte? – moje rozmyślania przerywa ładna, wysoka, długowłosa blondynka w jeansach i białym podkoszulku, bardzo młoda, na oko ma może osiemnaście lat.

– Tak, w czym mogę pomóc? – Mam tylko nadzieję, że nie szuka pracy i że nie mam wspomóc jej fundacji na rzecz chorych lub, co gorsza, bezrobotnych.

– Nie zna mnie pani i ja pani też nie znam, ale znam Ryana, jak by to powiedzieć… ja i on spotykamy się czasami… – Czego ta dziewczyna ode mnie chce, spotykamy się? Stoi przede mną zmieszana i bawi się płytą, którą trzyma w dłoniach.

– Słucham? „Spotykamy się", co to ma znaczyć, może pani ma jakąś sprawę do Ryana, a nie do mnie? – mój ton jest jak zawsze oficjalny.

– Nie, właśnie nie do Ryana, to się jego tyczy, jego i mnie, i w sumie pani też – jąka się i nie potrafi przejść do sedna.

– Więc proszę mówić, nie mam całego dnia. – Oby sobie poszła, nie mam ochoty z nią rozmawiać, a na dodatek jestem głodna.

– Tak, przepraszam, ma pani rację. Miałam przećwiczone to, co chcę pani powiedzieć, ale mnie pani onieśmiela. Więc jak już mówiłam, spotykam się z pani chłopakiem Ryanem, gdy się spotykamy… Wtedy głównie uprawiamy seks, ale nie tylko – stoi ze spuszczoną głową i mówi dalej, nie patrząc na mnie, a mnie zamurowało, nie wiem, dlaczego jej nie przerywam, tylko wciąż słucham. – Wiem, że jest z panią, zresztą trudno byłoby nie wiedzieć, często gazety o was piszą, ale godzę się na to, od początku tego chciałam. Chciałam spotkać się z jakimś znanym, bogatym mężczyzną, który ma żonę lub jest z kimś związany. Spotykać się i nakręcić, gdy TO robimy, a potem sprzedać nagranie prasie, aby dostać za nie pieniądze, a potem jeszcze co jakiś czas honoraria za wywiady, oczywiście miało to wyglądać tak, jakbym była ofiarą, aby nie zepsuć sobie zbytnio opinii. Zresztą nieważne, ludzie szybko znaleźliby inną sensację. Wiem, że to może wydawać się dość wyrafinowane i podłe, ale ja naprawdę potrzebuję pieniędzy, pochodzę z miejscowości bez perspektyw i nie stać mnie na studia, chcę odmienić za nie swoje życie. Ale z Ryanem jest inaczej... inaczej, bo nie wiedziałam, że się w nim zakocham.

– Co ty wygadujesz, jakie „uprawiamy seks"? To jest bezczelne, nie muszę tego słuchać, zresztą nie wierzę ci, chcesz, idź, sprzedaj nagranie, a nie psuj mi humoru – próbuję ją ominąć, aby otworzyć drzwi od samochodu, ale zagradza mi drogę.

– Błagam, niech pani mnie wysłucha do końca, nie chcę sprzedawać taśmy, ponieważ Ryan mnie wtedy znienawidzi, a nie chciałabym tego, był dla mnie taki dobry, proszę... Chcę ją sprzedać pani. To dobre rozwiązanie, nikt się o tym nie dowie, nie zostanie pani upokorzona, będzie pani mogła zdecydować, co z tym dalej zrobić, wybaczyć mu. Nie chcę jemu tego proponować, bo nie wie, że nas nagrywałam, nie chcę go szantazować, nie mogę mu się tak odpłacić. Proszę, to płyta z nagraniem, może pani zobaczyć, jest na niej mój numer, niech pani obejrzy, a potem do mnie zadzwoni, jak już uwierzy – podała mi płytę, którą cały czas trzymała w dłoniach.

– Daj mi spokój, widać, że nie znasz Ryana, bo gdybyś go znała, wiedziałabyś, że mnie kocha i nie musi się oglądać za takimi kłamliwymi gówniarami jak ty – omijam ją, mój ton teraz jest nie tylko stanowczy, ale także pełen gniewu i oburzenia, z całych sił rzucam płytę, którą mi wcisnęła w dłonie, na środek parkingu i wsiadam do samochodu.

– Proszę mi uwierzyć, dziś wieczorem też mamy się spotkać, nie chcę sprzedawać tego prasie, ale będę musiała, gdy nie da mi pani wyboru, proszę o rozsądek.

Nie odpowiadając jej nic i starając się ją ignorować, chociaż nie jest to łatwe, wsiadam do samochodu i szybko odjeżdżam. W oczach mam łzy, jak śmiała, bezczelna, dlaczego tak się tym zdenerwowałam? Nie, muszę się otrząsnąć, przecież każdy może do mnie podejść i wygadywać jakieś bzdury, nie mogę brać tego do siebie. To niedorzeczne, muszę się uspokoić i zapomnieć o tym, jadę do domu i spędzę resztę dnia tak, jak miałam zamiar, i na dodatek w dobrym humorze. Zadzwonię może do Ryana, ale w sumie co mu powiem, spytam, czy mnie zdradza? Przecież mnie wyśmieje! Zresztą nie chcę mu opowiadać o tej sytuacji przez telefon, powiem mu o tym, jak się spotkamy. Zadzwonię i spytam po prostu, jak mu dzień mija. Wyjmuję telefon i wybieram pierwszy numer w książce, po trzech sygnałach słyszę głos, który od razu mnie uspokaja i wywołuje uśmiech na mojej twarzy.

– Cześć, kochanie, jak ci mija dzień?

– W miarę dobrze, wracam z siłowni, a tobie jak mija? – mówiąc to, przypominam sobie ostatnie słowa tej dziewczyny: „dziś wieczorem też mamy się spotkać".

– Dobrze, jestem po spotkaniu prasowym, które nieźle wypadło, a zaraz jadę na lunch z Tomem. – Tom to przyjaciel Ryana, znają się od dziecka. Zastanawiam się, czy opowiedzieć Ryanowi o mojej dzisiejszej „przygodzie", ale decyduję się nic nie mówić. Spokoju jednak nie dają mi jej ostatnie słowa.

– Może jednak spotkamy się wieczorem, zrobimy sobie powtórkę z naszej rocznicy?

– Brzmi świetnie, ale wiesz, że nie mogę, niedługo zawody i trener zabiłby mnie, gdybym nie ćwiczył, zrobimy może tę powtórkę jutro, ok? Postaram się już od południa zarezerwować czas dla ciebie, skarbie.

– No dobrze – odpowiadam, a w mojej głowie kłębią się tysiące różnych myśli.

– Wszystko w porządku? Jesteś jakaś rozdrażniona i smutna. – Jak on doskonale mnie zna, ile no, jak mogę w ogóle go o coś takiego podejrzewać, już o tym nie myślę, jutro, jak się spotkamy, opowiem mu wszystko i wspólnie się będziemy z tego śmiać, albo nawet mu o tym nie będę mówić, to bez znaczenia.

– Nie, kochanie, wszystko dobrze, po prostu chciałabym cię mieć cały czas tylko dla siebie, ale myślę, że wytrzymam do jutra – odpowiadam dużo weselszym tonem, jakby kamień spadł mi z serca.

– Ja też tęsknię, mam pomysł, może chcesz zjeść z nami teraz lunch? – Jak zawsze kochany i troskliwy Ryan, jest mi wstyd przed samą sobą, że mogłam go o coś podejrzewać.

– Byłoby miło, dziękuję za propozycję, ale mam na sobie strój sportowy, a zanim się przebiorę i dojadę do was, to już zdążycie zjeść. Nadrobimy to jutro, pozdrów też Toma.

– Dobrze, muszę kończyć, bo Tom już czeka na mnie w samochodzie, kocham cię.

– Ja ciebie też kocham, miłego dnia i dziękuję, że się tak o mnie troszczysz, do zobaczenia jutro.

– Zawsze będę się o ciebie troszczyć, do zobaczenia. – Rozłącza się, a mój humor zmienia się całkowicie, znowu mam ochotę się uśmiechać i cieszyć się piękną pogodą.

Ok, więc jaki był plan? A tak, dom, praca i zakupy, tak, w tej sytuacji zakupy będą potrzebne. Wjeżdżam windą do apartamentu i od razu kieruję się pod prysznic. Tego było mi trzeba, stoję pod prysznicem, a ciepła woda zmywa ze mnie pot i cały stres, mogłabym tak stać do jutra. W sumie to mogę, uśmiecham się sama do siebie i zakręcam wodę. Ok, teraz co by tu na siebie włożyć, otwieram szafę i rzucam okiem na całą jej zawartość, trudny wybór, więc robię to, co zawsze, gdy nie umiem się zdecydować, a okazja nie wymaga określonego stroju. Wyciągam zwykłe jeansy, no, w sumie nie takie zwykłe, kosztowały dwieście funtów, do tego czarną elegancką bluzkę z krótkim rękawem i czarne szpilki, biżuteria i torebka dopełni stroju. Szybko suszę i układam włosy, maluję się i ubieram, nie zabiera mi to dużo czasu. Najpierw jadę do firmy.

– Pani prezes wpada z niezapowiedzianą wizytą, ale to dobrze, mam sporo dobrych wiadomości. Jak samopoczucie? – To Clark, moja prawa ręka – jest ze mną od początku powstania tej firmy, znamy się, odkąd zamieszkałam w Londynie, mam do niego pełne zaufanie.

– Wydaje mi się, że nie muszę się zapowiadać, przyjeżdżając do własnej firmy, chyba że zasady się zmieniły? – pytam, a Clark idzie obok mnie zakłopotany. Nigdy nie wie, kiedy żartuję, trochę się mnie boi, chociaż niepotrzebnie, lubię go i mam do niego sentyment. – Skoro nic nie mówisz, wnioskuję, że nic się nie zmieniło, więc pozwól, że pójdę do gabinetu, a ty dołączysz za chwilę przekazać mi „sporo dobrych wiadomości".

– Oczywiście, pani prezes – odpowiada i odchodzi.

– A, Clark, jeszcze jedno – wołam do niego, a przechodzący obok pracownicy dyskretnie zerkają na mnie z zaciekawieniem.

– Słucham, pani prezes – odwraca się nieco zdezorientowany i niepewny, co go czeka.

– Po pierwsze, uśmiechnij się, jest piękny dzień, i wyjdź dziś godzinę wcześniej, odpocznij trochę, pooddychaj w parku, a po drugie, mam na imię Charlotte, jakbyś już nie pamiętał. – Jest nieco zdezorientowany, ale uśmiecha się do mnie serdecznie, widzę, że chce coś powiedzieć, więc szybko dodaję: – To polecenie służbowe, mam nadzieję, że nie chcesz podważać mojego autorytetu. – Uśmiecham się do niego serdecznie jak do przyjaciela. Zapomniał chyba, jak jest mi bliski i ile mu zawdzięczam, muszę mu kiedyś o tym powiedzieć.

– Oczywiście, że nie, pani prezes – odpowiada już całkiem rozluźniony.

– Świetnie, więc za pięć minut u mnie – mówię i odchodzę, nie zwracając uwagi na pracowników, którzy już nie kryją tego, że nam się przyglądają, gdyż nieczęsto mają okazję oglądać mnie w tak miłym wydaniu. W sumie to w ogóle mnie takiej nie widują, zresztą, co mnie to obchodzi i co oni o mnie wiedzą!

Wchodzę do sekretariatu przed moim gabinetem, a moja sekretarka Emily prawie dławi się kanapką, która właśnie je, szybko wstaje i z jedzeniem w buzi wita się ze mną.

– Witam panią, pani prezes, czy mam przedstawić pani grafik i spotkania do zaakceptowania, czy wysłać jak zwykle do domu? – wypowiada szybko, jednocześnie starając się przełknąć jedzenie.

– Daj mi go teraz, przejrzę go. – Szybko wręcza mi skórzany gruby kalendarz, a ja wchodzę do swojego gabinetu. Urządzony jest w nowoczesnym stylu, szkło i metal, prosta, zimna elegancja.

Włączam radio, leci jakaś spokojna piosenka, nie znam jej, ale spodobała mi się, więc ją pogłaśniam, siadam za biurkiem i przeglądam kalendarz. Masa spotkań, wywiadów i najważniejsze, czyli otwarcia nowych filii, na których muszę być osobiście. Wchodzi Clark, siada naprzeciwko mnie i opowiada o masie służbowych spraw, które wyszły pomyślnie, oraz o ciągle rosnącym zainteresowaniu naszym przedsiębiorstwem. Długo rozmawiamy, analizujemy i planujemy dalsze działania, widać, że Clarkowi sprawia to przyjemność, kocha swoją pracę i całkowicie się jej poświęca, co zostaje oczywiście sowicie nagrodzone. Choć jest on majętnym człowiekiem, nie widać tego po nim, jest schludnie i porządnie ubrany, jednak nie wyróżnia się z tłumu.

– Dobrze, większość rzeczy mamy już raczej ustalone, a co do decyzji, których nie podjęłam, zdaję się na ciebie. Będę już wychodzić i ty też pamiętaj o wcześniejszym wyjściu. Wracam do pustego domu, kładę się na kanapie i patrzę w okno. Szkoda, że nie ma przy mnie kogoś bliskiego, czuję się samotna. Może gdzieś wyjdę, na pewno odbywają się dziś jakieś eventy, mogę zadzwonić do znajomych, ale na takich spotkaniach i przy tych znajomych czuję się jeszcze bardziej osamotniona.

Pamiętam, jak dawniej każdej nocy przed snem w głowie układałam sobie scenariusze, kim kiedyś będę, co kiedyś osiągnę, co kiedyś będę robić, jak kiedyś będzie wyglądać moje życie i jaka kiedyś będę szczęśliwa. No właśnie kiedyś, kiedyś, kiedyś… Umierałam każdej nocy ze świadomości, że to kiedyś to nie teraz, że to tylko marzenie młodości, które pewnie nigdy się nie spełni. A z czasem, kiedy będę coraz starsza, zacznę mniej marzyć i przestanę wierzyć, że coś się zmieni. Nic się samo nie zmieni i nie zrobi, ale zrozumiem to, gdy będzie już za późno, i będę musiała żyć ze świadomością, że moje życie nie wygląda tak, jak bym tego chciała, i nigdy tak wyglądać nie będzie.

Przełomowym momentem dla zmiany mojego myślenia i sposobu postępowania była sytuacja, gdy mój znajomy poszedł do wróżki, która mu oznajmiła, że kiedyś będzie bogaty – miał on wygrać sporą sumę, którą dobrze zainwestuje i nie będzie się musiał martwić o pieniądze już do końca życia. Głęboko w to wierzył, opowiadał o tym znajomym, nawet już obiecywał wycieczki, pożyczki itp. Czas mijał, a on pracował na etacie, którego nie cierpiał, mieszkał z rodzicami i nie snuł planów na przyszłość, oczywiście poza tymi, że zostanie milionerem i będzie korzystał z życia. Wszyscy zazdrościli mu tego optymizmu i niezłomnej wiary, ja szczególnie, i zastanawiałam się, czy moje plany i marzenia snute każdej nocy też mają szanse się spełnić, w końcu nikt mi tego nie „przepowiedział". Pewnego razu spytałam go, czy nadal wierzy w to tak jak na początku; bez zastanowienia zapewnił mnie, że oczywiście tak, musi tylko trochę jeszcze na to poczekać. Spytałam więc, w jaką gra grę: liczbową, SMS-owe konkursy, może jakieś internetowe lub telewizyjne turnieje? Zauważyłam, że się zmieszał i zdziwił moim pytaniem, odpowiedział mi, że w sumie konkretnie to w nic nie gra ani nie wysyła żadnych kuponów, bo przecież skoro ma się to wydarzyć, to wydarzy się tak czy tak, wróżka nie mówiła mu, że ma w coś grać, a poza tym nie ma na to pieniędzy. Wtedy zrozumiałam, że nie można na coś czekać, aż spadnie nam z nieba. Gdy wróciłam do domu, zastanowiłam się, co tak konkretnie chcę osiągnąć i w jaki sposób, wzięłam kartkę i napisałam na niej wszystko, ułożyłam plan działania, bo jak można do czegoś dążyć, nie wiedząc tak dokładnie, co to ma być. Następnego dnia od samego rana zaczęłam konsekwentnie realizować mój plan. Nie było to łatwe, często się potykałam, traciłam wiarę i modyfikowałam plan, ale się nie poddałam, cel pozostał niezmienny i mimo wielu bolesnych upadków uparcie dążyłam do końca, aż się udało. Wiara w powodzenie była niezbędna, bo jeżeli się w coś wierzy i bardzo tego pragnie, łatwiej jest nam to osiągnąć. Może moja wiara nie była tak ogromna i ślepa jak mojego kolegi, ale była i z każdym kolejnym wykonanym krokiem rosła. W rezultacie ja poprzez ciężką pracę osiągnęłam swój cel, a on… No cóż, z tego co słyszałam, u niego niewiele się zmieniło, nie wiem, czy nadal wierzy w swoją wygraną lub czy zaczął robić coś w tym kierunku, bo nasze drogi się rozeszły. Myślę, że każdy z nas ma w swoim życiu takie przełomowe momenty, lecz nie zawsze jest w stanie je dostrzec i wykorzystać; wiem tylko, że tak zwany „odjutronizm" to choroba naszych czasów, każdy chce być piękny, szczupły, bogaty, szczęśliwy, ale od jutra. Mnie też ona dotykała, tyle że ja miałam dość tego „zacznę żyć od jutra". Teraz, zanim będzie za późno, by cokolwiek zmienić. Nawet nie wiem kiedy, usypiam wpatrzona w światła Londynu, z głową pełną myśli i wspomnień.

III

Zapala się lampka sygnalizująca konieczność zapięcia pasów, no, nareszcie zaczynamy lądować. Nie mogę się już doczekać, aż zobaczę Ryana, nie widziałam go parę dni, dobrze, że będzie czekał na mnie na lotnisku. Mimo tęsknoty wyjazd zaliczam do bardzo udanych, nie przypuszczałam, że nowa filia będzie cieszyć się aż takim zainteresowaniem, świetnie się bawiłam, poznałam wielu interesujących i inspirujących ludzi, a czas minął zaskakująco szybko. Wchodząc do hali, od razu zauważam Ryana i jak zawsze cała się rozpromieniam na jego widok.

– Cześć – mówię z uśmiechem i rzucam się mu na szyję. Przytula mnie, ale wydaje mi się, że coś jest nie tak, jest jakiś smutny, zły, zmieszany, sama nie wiem jaki.

– Musimy porozmawiać. – Oj, miałam rację, że coś jest nie tak.

– Ok, więc rozmawiajmy.

– Nie wiem, jak to powiedzieć, chodźmy do mnie, tutaj nie ma do tego warunków. – Trochę się niepokoję, bo dawno nie widziałam go tak poważnego.

– No dobrze, tylko zaczynam się martwić, powiedz chociaż, czy to coś poważnego, jesteś chory, coś ci się stało?

– Nie, nie umieram, ale porozmawiamy w domu – odpowiada, ale tym razem się do mnie uśmiecha; trochę mi lepiej, gdy widzę jego piękny uśmiech.

– Ok, więc chodźmy jak najszybciej. – Jestem ciekawa, o co może chodzić.

W samochodzie prawie nie rozmawiamy, martwi mnie trochę jego humor, ale postaram się mu go poprawić, jak już odbędziemy tę poważną rozmowę. Uśmiecham się do swoich myśli i odprężam, słuchając radia.

– Ok, teraz możemy już zacząć rozmawiać, nie mamy dużo czasu, też mam pewne plany na dziś – mówię, wchodząc do jego domu z dwuznacznym uśmiechem.

– Tak, jasne, tylko uprzedzam cię, że musisz wykazać się wyrozumiałością, ponieważ, jak by to powiedzieć, wynikły pewne komplikacje.

– Nie strasz mnie i mów, o co chodzi – wtrącam, gdy zamilkł. Mój dobry humor znika, gdy widzę zmartwienie i złość na jego twarzy. Siadam i czekam.

– Otóż jest pewna dziewczyna, która mnie szantażuje… Daje mi dwa wyjścia, pierwsze to takie, że zostawię cię i zacznę być z nią, a wtedy po jakimś czasie, gdy zacznie mi już ufać i gdy będzie pewna, że mi na niej zależy, odda mi taśmę. Drugie natomiast jest takie, że wybieram ciebie, jednak ona sprzeda taśmę mediom… Mówiąc „taśmę", mam na myśli nagranie, na którym ja i ona uprawiamy seks.

Czas się zatrzymał, siedzę i słucham, a on stoi nade mną i mówi te okropne rzeczy. Nie potrafię nic odpowiedzieć, czuję się, jakbym obserwowała to, co się dzieje, z boku, jakbym straciła całkowicie władzę nad ciałem, bo nie umiem się nawet poruszyć.

– Co ty w ogóle mówisz, to nieprawda, jak ktoś może cię zmuszać, żebyś go pokochał, jaka taśma, jaki seks?! Ryan, błagam, nie rób sobie takich żartów!

– Skarbie, wiem, ale ona myśli chyba, że ja ją kocham, tylko trochę ty w tym wszystkim nam przeszkadzasz. Może parę razy powiedziałem jej, że ją lubię, nawet bardzo, że lubię spędzać z nią czas i takie tam, ale to już nieprawda, nie po tym, co zrobiła. Mówiła, że chciała ci sprzedać taśmę, ale ty jej nie uwierzyłaś. Mogłaś ją od niej odkupić, kiedy jeszcze chciała nam ją sprzedać, albo chociaż mi o tym powiedzieć. Podpytywała, co do niej czuję i takie tam głupie babskie gadanie i chyba zrozumiała to w ten sposób, że ma szansę, żeby ze mną być, więc teraz albo z nią będę, albo sprzeda tę taśmę, tylko nie nam, a jakimś szmatławcom, które zrobią z tego sensację i zepsują tym naszą reputację. Uważam, że pierwsza opcja będzie dużo lepsza.

– Więc chcesz być z nią? – mówię, a raczej szepczę, bo zaschło mi w gardle. Nic z tego nie rozumiem, podczas tej rozmowy umarłam już chyba milion razy, a już na pewno umarło coś we mnie, jakaś część mnie.

– Nie naprawdę, tylko na chwilę, aż nie odda mi taśmy albo aż jej sam nie znajdę, tak będzie lepiej, niż gdyby taśma miała się ukazać, to by nam na pewno zaszkodziło. Przepraszam cię, kochanie, obiecuję, że jak to wszystko się już skończy, będziemy najszczęśliwsi na świecie, nigdy już cię nie zdradzę, nigdy więcej się do niej nie odezwę i zrobię, co zechcesz, możemy nawet wziąć ślub.

– Ale ja byłam już najszczęśliwsza na świecie i okazało się to złudzeniem! Jak śmiesz w ogóle mi proponować takie chore rozwiązanie, mam się przypatrywać, jak udajesz, że z nią jesteś, jak masz z nią romans, i czekać na swoją kolej?! Nienawidzę cię, jak mogłeś… – nie mam sił nic więcej mówić, ciężko mi nawet oddychać, muszę się stąd wydostać.

Wybiegam z mieszkania, nie zważając na wołanie Ryana i jego prośby, abym to przemyślała i została. Wychodzę na świeże powietrze i biorę głęboki wdech, po którym mi zdecydowanie lepiej. Ruszam przed siebie i zastanawiam się, gdzie tak właściwie mam iść – nie chcę siedzieć sama w swoim pustym domu, zresztą mógłby tam przyjechać, a nie chcę z nim rozmawiać. Na dworze jest już szarawo. Naprzeciwko widzę jakiś park, idę tam szybko i siadam na ławce, nogi mam bezwładne, nawet nie wiem, jak udało mi się tu dojść.

Siedzę, a łzy same spływają mi po policzkach; czuję ogromny ucisk w klatce piersiowej, boli mnie serce, jeszcze nigdy czegoś takiego nie doświadczyłam. Odczuwam pustkę w środku, nie wiem, co mam ze sobą zrobić, nie chcę, żeby tak bolało, nie jestem w stanie tego znieść, podobnie jak myśli, że to już koniec, że już nigdy nie będzie tak samo i już nigdy nie będę mogła się zachłysnąć tym złudnym szczęściem. Jak to się mogło stać, że niczego nie zauważyłam? Całe moje życie to fikcja!

Moje rozmyślania przerywa jakichś dwóch pijanych chłopaków, którzy mnie zaczepnie dopytują, czy się nie zgubiłam i czy nie pomóc mi znaleźć drogi. Chyba lepiej wrócę do domu, bo zrobiło się naprawdę ciemno, nie wiem, ile tak siedziałam; łapię taksówkę i wracam.

Dom jest jak zawsze pusty, ciemny i zimny, co wywołuje u mnie jeszcze większą złość. Muszę się czegoś napić, to mi na pewno pomoże, podchodzę do pełnego barku z alkoholami z całego świata, biorę pierwszy lepszy. Alkohol jest odwiecznym lekarstwem na nasze słabości, rozgoryczeni szukają w nim pocieszenia, nieśmiali pewności siebie, tchórzliwi odwagi. Przeglądam się w przeszklonej szafce, wyglądam okropnie, rozmazany makijaż na twarzy, na której maluje się cierpienie.

A do tego ten okropny ból w klatce piersiowej. Niektórzy mówią, że serce to tylko organ, który pompuje krew, a wszystko, co przypisujemy sercu, czyli miłość, zakochanie, tęsknota i cierpienie, dzieje się w mózgu, jednak nie mają racji. Ogromny ból dokładnie w sercu, ból duszy, z którym nie da się walczyć, to coś, co wypala od środa i jest najgorszym uczuciem, jakiego można doświadczyć – to mieszanka bezsilności, smutku i rozczarowania, destrukcyjna siła. Podchodzę do szafki po jakąś szklankę, trzęsą mi się ręce, przez co ją upuszczam, a ona z hukiem upada i rozbija się o granitowy blat. Wystraszona staram się ją pozbierać, jednak ręce trzęsą mi się jeszcze bardziej, duży odłamek wbija mi się w nadgarstek, z którego strumieniem zaczyna się lać krew. Siadam na podłodze, czując kompletną apatię, patrzę na krew i robi mi się lżej na sercu, jakby wraz z nią wypływało całe moje cierpienie. Ręka mnie boli, ale to jest przyjemny ból, ból fizyczny daje mi ukojenie, teraz boli ręka, nie serce, to całkowicie odmienny rodzaj bólu, taki, który jestem w stanie znieść. Jestem pusta w środku, nie czuję już nic, ani smutku, ani złości, ani rozczarowania, tylko pieczenie ręki. Jak moje życie mogło się tak szybko skończyć? Muszę się napić.

IV

Leżę i nie mam siły, żeby iść sprawdzić, co się dzieje na dole; może ktoś się włamał, zresztą nawet jeśli tak, to nie obchodzi mnie to. Słyszę odgłos kroków na schodach prowadzących do góry, jednak to też nie sprawia, że wstaję z łóżka. Drzwi od sypialni się otwierają i wchodzi Clark.

– Charlotte, co ci się stało? – w jego głosie słychać autentyczną troskę.

Zmuszam się, żeby usiąść, chociaż wszystko mnie boli i kręci mi się w głowie. Rozglądam się dookoła, rzeczywiście nie wygląda to za dobrze, pościel jest brudna od krwi, tak samo cała moja ręka, na której jest kilka szram, a po podłodze walają się butelki i potrzaskane szkło.

– Nie, wszystko ok, po prostu jestem chora – staram się być przekonująca, chociaż wiem, że to nic nie da.

– Widzę, że jesteś chora, dlaczego się nie odzywasz, zostawiłem milion wiadomości, byłem tu parę razy, dzwoniłem do wszystkich! – jest na mnie naprawdę zły, ale wiem, że to z powodu troski; przyszedł tu jako przyjaciel, który ani trochę się mnie nie boi. – Dobrze, że przypomniało mi się, że kiedyś dałaś mi klucze do twojego mieszkania.

Widzę, że spogląda na moja rękę, jest mi wstyd przed nim i czuję, że muszę się wytłumaczyć:

– Przepraszam, nawet nie wiem, gdzie mam telefon, i nawet nie zauważyłam, że skaleczyłam się szklanką, naprawdę źle się czułam.

– Dobrze, że zauważyłaś, czym się skaleczyłaś. Jak nie wiesz, gdzie telefon, to ci powiem, leży w częściach na ziemi w salonie, pewnie ci upadł – mówi ironicznie i nie komentuje mojego stanu, w sumie to bardzo miło z jego strony, bo pouczanie to ostatnia rzecz, jaka jest mi teraz potrzebna.

– Być może – uśmiecham się do niego niewinnie, bo chcę, żeby chociaż trochę zmiękł, i to mi się udaje.

– Ok, więc teraz robimy tak: idziesz wziąć prysznic, ja idę na dół zrobić ci herbatę i coś do jedzenia, za piętnaście minut schodzisz i musimy porozmawiać – wstaje i wychodzi, powiedział to tak stanowczo, że nie mam odwagi się mu sprzeciwić, chyba nawet nie chcę.

Wstaję, idę do łazienki, rozbieram się i wchodzę pod prysznic. Ciepła woda spływająca po moim ciele zdecydowanie mnie odpręża, szczypie tylko skaleczona ręka, ale to dobrze, wolę ten ból, nigdy więcej nie chcę już czuć tamtego. Szybko i niedokładnie myję włosy i ciało, wychodzę, wycieram się i podchodzę do szafy, zakładam na siebie pierwsze, co wpadło mi w ręce, czyli bluzę i jeansy. Rozczesując włosy przed lustrem, spoglądam na swoje blade odbicie i podkrążone oczy, to nie mój dzień, zresztą nic dziwnego, bo zbytnio o siebie nie dbałam, wręcz przeciwnie, robiłam to, czego nie mam w zwyczaju, czyli piłam i płakałam. Nie wiem, jak to możliwe, że tak łatwo dałam się złamać, sądziłam, że jestem twarda i wszystkiemu sprostam, w końcu nie z takimi rzeczami sobie radziłam, zawsze zaciskałam zęby i wychodziłam z tego silniejsza. Owszem, to bolało, ale nie tak jak teraz. Wciąż pamiętam ból przeszywający nie ciało, a duszę, serce. Chociaż na razie go nie czuję, to na pewno nigdy go nie zapomnę, nie zapomnę też osoby, przez którą tak cierpiałam. Uzależniłam swoje szczęście od jednej osoby… Lepiej o tym nie myśleć, zejdę na dół, wolę nie denerwować i tak już wkurzonego Clarka.

Schodząc na dół, już na schodach słyszę stukot naczyń, Clark stara się uporządkować moje mieszkanie, które teraz wygląda, jakby mieszkał tu alkoholik. Wstyd mi, że sprząta po mnie butelki, które zamiast znajdować się w koszu, leżą wszędzie dookoła. Cieszę się jednak, że tu jest, przez ostatnie sześć dni, kiedy siedziałam tu zamknięta, nikt inny nie zainteresował się moją nieobecnością, nikt nawet nie zadzwonił.

– Proszę, herbata z cytryną – uśmiecha się pobłażliwie.

– Dziękuję, ale naprawdę nie musiałeś się fatygować, jeszcze parę dni i sama bym wróciła do pracy. – Nie jestem przekonana czy tak by było, nie wiem, czy czas jest tu coś w stanie zmienić.

– Musiałem, nie pojawiasz się na naradach, było otwarcie nowej filii, na którym cię zabrakło i nikt nie wiedział, że cię nie będzie ani dlaczego cię nie ma, nie mówiąc już o wywiadach i spotkaniach, na których po prostu się nie zjawiłaś, nawet ich nie odwołując. Charlotte, wiesz, że nie możesz tak robić, zarząd jest wściekły, szkodzisz nie tylko sobie, ale także przedsiębiorstwu, nie ma kto podejmować ważnych bieżących decyzji. – Czuję się jak w szkole, ganiona przez nauczyciela za nieodrobiną pracę domową, ale wiem, że tu chodzi o coś więcej, a konsekwencje mogą być ogromne. – A poza tym wszystkim umierałem z niepokoju o ciebie.

– Nie dzwoniłeś do innych i nie pytałeś, czy nie wiedzą, gdzie mogę być? – nie wiem, po co o to zapytałam, mógł dzwonić tylko do Ryana, ale jego imię nie przeszło mi przez gardło. Nie powinno mnie to obchodzić, jednak chcę wiedzieć, co u niego i co o mnie mówił.

– Tak, dzwoniłem do Ryana, powiedział, że od niego odeszłaś, bo ma jakieś problemy, i że nie wie, gdzie możesz być.

– Jak on śmiał tak powiedzieć, jeszcze robi z siebie ofiarę, chociaż to ja nią jestem w tej sytuacji! Miał problemy, ale z kochanką, która nagrała to, jak się pieprzą, i teraz go szantażuje! A do tego ma gdzieś, co się ze mną działo przez ostatnie dni. Włożyłam całą siebie w związek, który był kłamstwem, a on teraz będzie zwalać winę na mnie?! – wykrzykuję, a łzy strumieniem spływają po mojej twarzy. Clark szybko podchodzi do mnie i przytula z całych sił, a ja wtulona w jego klatkę piersiową płaczę, cała się przy tym trzęsąc.

– Wiem, mała, wiem, od razu wiedziałem, że to nie twoja wina.

– Przepraszam. – Muszę zacząć nad sobą panować.

– Spokojnie, przy mnie nie musisz udawać, jestem tu, żeby ci pomóc. Musisz dać mi swoje pełne pełnomocnictwo, ja się wszystkim zajmę, a ty będziesz mogła spokojnie wyzdrowieć, potrzebujesz trochę czasu.

– Dobrze.

Jak zwykle rano budzę się z bólem głowy. Gdy otwieram oczy, jest jeszcze gorzej, ale mam sposób na ten ból. Zmuszam się, żeby wstać, dobrze, że wczoraj nie przebrałam się do spania, nie muszę się teraz ubierać, schodzę na dół i podchodzę do kuchennego blatu. Do szklanki, która już tam stoi, nalewam wódki i jakiegoś soku, powinno pomóc, siadam na kanapie i patrzę przez przeszkloną ścianę na Londyn. Jest pochmurnie i pada deszcz, idealna pogoda na moje samopoczucie, znowu czuję kłucie w sercu, przez jakiś czas bezmyślnie siedzę, patrzę na krople spadające z nieba, popijając przy tym drinka. Zabije mnie ta bezczynność, wypijam ostatni łyk, teraz przynajmniej już mam powód, żeby wstać, głowa jakby mniej mnie boli. Potłuczone szkło wala się po podłodze, robię następnego drinka, biorę duży kawałek szkła i znowu siadam na kanapie. Patrzę na nadgarstki, na których są szramy o różnej głębokości i zaschnięta krew – wódka pomaga na ból głowy, a to na ból duszy. Nie zastanawiam się, tylko wbijam szkło i ciągnę w dół, bez strachu i zawahania, tnę w pionie, aby nie przeciąć żyły, nie chcę się zabić, zresztą nawet gdybym chciała, nie miałabym tyle odwagi. Krew pojawia się natychmiast i strumieniem spływa po dłoni, kapiąc na podłogę; nie rozumiem, dlaczego tak jest, ale automatycznie robi mi się lżej na sercu. Czuję pustkę w środku, jakbym nie miała ani serca, ani duszy, to dobrze, coś, czego się nie ma, nie może boleć. Odkładam szkło i jakby nigdy nic dalej piję drinka, patrząc raz na panoramę, raz na rękę. Teraz jest mi dobrze. Siedzę tak dobre parę godzin, w międzyczasie wypijam jeszcze pół butelki, a na mojej ręce pojawia się jeszcze jedna pokaźnych rozmiarów blizna.

Patrzę na zegarek, już szesnasta. Możliwe, że dziś Clark znowu przyjdzie zobaczyć, co u mnie, i przynieść mi jedzenie, które czasem się przydaje. Zakrywam poduszką plamę krwi na podłodze, nie chcę, żeby to widział, idę do góry się umyć i wychodzę. Nie chciałabym go spotkać, parę razy tak się zdarzyło, nie zniosę znowu jego smutnego wzroku, nie chcę widzieć, jak patrzy na mnie bezradnie, bo stara się pomóc i nie wie, jak ma to zrobić. Ciężko mi znieść jego udawanie, że wszystko jest ok, że nic nie widzi – jakby nigdy nic opowiada, co w firmie i że Anna zaprasza mnie do nich na obiad, że muszę koniecznie przyjść.

Powietrze jest wilgotne i orzeźwiające, idę przed siebie z zamkniętymi oczami i oddycham pełną piersią, nagle czuję, jak w coś uderzam.

– Uważaj, jak chodzisz, weszłaś na mnie, nic ci nie jest? – to jakiś dostawca, patrzy na mnie z dołu, bo zbiera pudełka, które wypadły mu z rąk. Idę dalej, nic mu nie odpowiadam. – Pijaczka – słyszę jego komentarz, gdy odchodzę. Nikt mnie nigdy tak nie skategoryzował, muszę wyglądać naprawdę okropnie. Zresztą co mnie obchodzi zdanie jakiegoś dostawcy, który nawet nie umie utrzymać pudełek w ręku, gdy dziewczyna go potrąci. Kręcę się bez celu, mija kolejne parę godzin, jest już dwudziesta pierwsza i tak właśnie zmarnowałam kolejny dzień mojego życia. Rodzice nie byliby ze mnie dumni, ale ja z nich też nigdy nie byłam, więc jest remis. Wchodzę do pustego, ale jakby czystszego domu, więc tak jak myślałam, był Clark, teraz na blacie zamiast butelek leżą pudełka z jedzeniem, a na nich karteczka z napisem „Wracaj do zdrowia, bez ciebie nie jest już tak samo". Łzy napływają mi do oczu. Mimo że nie czuję głodu, zjem coś, bo nic dziś jeszcze nie jadłam, poza tym wiem, że Clarkowi jest miło, gdy widzi, że jem to, co mi przynosi, specjalnie dostaję tylko to, co lubię. Zupełnie nie mam apetytu, jem odrobinę, do tego wypijam piwo i idę spać, niech ten dzień się skończy, i tak nie przyniesie nic dobrego, zresztą jutrzejszy też nie. Tym razem przed snem przebieram się w pidżamę, a nawet myję twarz i ręce, zmywając z nich resztki zaschniętej krwi.

Budzi mnie potworny ból brzucha, a gdy tylko otwieram oczy, czuję do tego przeszywający ból głowy i mdłości. Jest środek nocy, zwijam się w kulkę z nadzieją, że to przejdzie i dam radę znów usnąć. Jednak ból wcale nie ustaje, staje się coraz bardziej dokuczliwy, zbiera mi się na wymioty, muszę się zmusić i pójść do łazienki, może gdy zwymiotuję, poczuję się lepiej. Niepewnie i z trudem wstaję, a całe moje ciało przeszywa dreszcz i natychmiast oblewa mnie zimny pot, idę, trzymając się ściany, ciało odmawia posłuszeństwa, nogi mi się uginają, choć nawet ich nie podnoszę. Nie mogę nic na to poradzić, sunę niepewnie i zastanawiam się, czy nie iść na czworakach, bo mam wrażenie, że zaraz upadnę. Jeszcze tylko kawałek, wchodzę do łazienki, klękam i w ten sposób dochodzę do toalety, obejmuję ją rękami, jest zimna, ale nie tak zimna jak ja, wydaje mi się, że jestem cała mokra, ale gdy dotykam ciała, jest suche i lodowate. Nie mogę zwymiotować, wszystko mnie boli, a ja nie mogę nawet płakać, leżę tylko półprzytomna obok toalety z nadzieją, że zaraz będzie lepiej. Przed oczami co chwilę robi mi się ciemno, jakbym je zamykała i otwierała, poza tym mam przed nimi wirujące plamy. Co się ze mną dzieje? Nic nie brałam, nie byłam nawet jakoś specjalnie pijana, nigdy się tak nie czułam, mam wrażenie, jakbym umierała, nie mam żadnej władzy nad moim ciałem, jestem na granicy świadomości, jakbym zaraz miała zemdleć. Siedzę na podłodze, opieram się o ścianę, podkurczam kolana i obejmuję je rękami, otwieram oczy i patrzę na swoje odbicie w znajdującym się naprzeciwko dużym lustrze. Jestem biała, nie blada, moja skóra jest biała, a oczy czarne. Co chwilę tracę świadomość i możliwość widzenia po to, aby za moment je odzyskać, ja umieram. Zaraz umrę sama w łazience, to takie żałosne, nie wiem nawet, dlaczego umrę. Więc tak właśnie czuje się człowiek, gdy umiera? Nie ma żadnego tunelu ze światłem? Nigdy się nad tym nie zastanawiałam, ale mało kto w moim wieku myśli o śmierci, przecież to zawsze przytrafia się komuś innemu. Kładę głowę między kolana i zamykam oczy, chcę, żeby się to już skończyło. Co człowiek czuje w takiej chwili? Na pewno fizyczny ból, ja czuję strach i smutek, ale nie z tego powodu, że umieram, tylko dlatego, że jestem tu sama. Mogłabym zadzwonić po pogotowie, ale nie mam tyle siły, zresztą czuję, że to i tak nic nie da; chciałabym, żeby ktoś tu był, nie chcę umierać samotnie. Strach, smutek, ból fizyczny i bezradność. A o czym myśli osoba, która umiera? Wydaje mi się, że to indywidualna rzecz, każdy pewnie myśli o czym innym, jedni może o dzieciach, małżonkach, rodzinie, niedokończonych sprawach… Ja myślę o zmarnowanej szansie, o tym, że teraz nie mam o kogo się martwić, mam żal do siebie o to, jak spędziłam ostatnie dni mojego życia. Podnoszę głowę i znów spoglądam na odbicie w lustrze, nic się nie zmieniło, jest mi tylko coraz zimniej, moje ciało jest lodowate, chcę się ogrzać. Zbieram wszystkie siły i daję radę dojść do łóżka, kulę się w kłębek i szczelnie okrywam kołdrą, jest mi cieplej. Po chwili tracę świadomość.

Znów się budzę, tym razem za oknem jest jasno, nadal nie czuję się najlepiej, ale nie czuję też już tego dziwnego bólu. Więc jednak nie umarłam. Mimo to nie mam zamiaru wstać z łóżka, zasłaniam żaluzję pilotem, który leży na szafce nocnej, i ponownie zasypiam.

V

Mimo późnej godziny Londyn tętni życiem. Wyraźnie widać granice między bogatymi dzielnicami a biedą, w bogatych strefach ludzie raczej nie chodzą po ulicach z miejsca na miejsce, przemieszczają się samochodami. Tu, w biednej części miasta, często śmierdzące odpadkami ulice są niemalże zatłoczone, jednak życie płynie jakoś wolniej, nikt się nie spieszy. W zaułkach stoją prostytutki i mężczyźni, od których możesz kupić wszystko, co w Anglii nielegalne. Na każdej ulicy znajdzie się także szukających zaczepki ludzi, którzy robią to albo dla zabawy, albo dla zarobku, bo wolą komuś ukraść portfel lub zegarek niż iść do pracy. Teoretycznie powinnam się bać przebywać w takich miejscach, bo ewidentnie nie pasuje tutaj ubrana w markowe ciuchy, młoda, bezbronna dziewczyna, ale przyjęli mnie tu jak swoją. Niejednokrotnie byłam zaczepiana, jednak zachowałam się jak oni i po nabluzganiu na nich i radzie, aby lepiej sobie odpuścili, zawsze dawali mi spokój, moja pewność siebie ich odstraszała. Pewnie myśleli, że albo jestem kimś ważnym w ich świecie i mam jakieś układy, albo jestem chora psychicznie, bo nikt o zdrowych zmysłach z bogatych dzielnic się tam nie zapuszcza, w każdym razie lepiej było odpuścić i poszukać innej ofiary. Włóczę się tak już od jakiegoś czasu, lubię to, lepiej się czuję tu niż w moim kiedyś wymarzonym świecie, tu nikt mnie nie ocenia, nie lituje się nade mną.

Od rozstania z Ryanem minął już miesiąc. Od tego czasu spotkałam go dwa razy, za pierwszym podszedł i porozmawiał chwilę, nawet przeprosił, że tak wyszło, bo to trochę jego wina była, i powiedział, że ma nadzieję, iż mimo to będziemy mieć dobre relacje. Rozmowa nie trwała długo, bo była niezręczna i Ryan się spieszył, za to po niej ja długo nie mogłam dojść do siebie. Wszystko odżyło, jednak dałam sobie z tym ponownie radę z pomocą paru blizn na moich rękach. Za drugim razem udawał, że mnie w ogóle nie widzi, słyszałam, że ma już nową dziewczynę i jest bardzo szczęśliwy. Przez ostatnie miesiące wielu z moich „przyjaciół" zerwało ze mną kontakt, pojawiło się też wiele plotek głoszących, że Clark korzysta z pełnomocnictwa, którego mu udzieliłam, i wyprowadza pieniądze z firmy oraz chce ją przejąć. Chociaż on jako jedyny stara się mi pomóc i chyba wierzy, że jeszcze się podniosę, mimo że ja sama już nie wierzę. Były także pogłoski, że to ja zdradzałam Ryana z każdym, dzięki komu mogę zrobić karierę; takie plotki to dla mnie nic nowego, gdy zaczynałam, często byłam o takie coś posądzana, bo przecież jak inaczej doszłam do tego, co mam? Denerwowała mnie każda taka plotka, ale nie dlatego, że pisali to żądni sensacji, złośliwi ludzie, a dlatego, że byłam posądzana o to przez swój wygląd – nieatrakcyjnym osobom nikt nie zarzuca robienia kariery przez łóżko, ludzie patrzą na nich i mówią: „Widzicie, jak ktoś ciężko pracuje i ma talent, to osiągnie to, co chce, nie trzeba kręcić dupą". Ładne dziewczyny są przecież głupie. Nauczyłam się to ignorować. Wiele razy słyszałam też, że się stoczyłam i żal na mnie patrzeć, chociaż to nawet według mnie jest prawda. Media uwielbiały bawić się moim cierpieniem i wymyślały coraz to nowe i coraz głupsze tytuły nagłówków, jednak po pewnym czasie nawet one o mnie zapomniały. Lubię tak chodzić, obserwować ludzi i rozmyślać o wszystkim tym, co mnie spotkało, to jest dla mnie jak terapia, podczas której nigdy nie patrzę w przyszłość. Przerywa ją jednak nagły ból, czuję, jak ktoś mocno ściska mnie za przedramię i rzuca na ścianę pobliskiego budynku.

– Cześć mała, chyba się zgubiłaś – przysuwa się do mnie młody mężczyzna mniej więcej w moim wieku, widać, że to typ spod ciemnej gwiazdy, na policzku ma bliznę, a w jego oczach widać zło i pożądanie, jest napakowany i silny, rzucił mną jak lalką, bez najmniejszego wysiłku.

– Dobrze ci radzę, przeproś i spadaj, jeśli nie chcesz utrzymywać się z zasiłku dla niepełnosprawnych – udaję pewną siebie, w końcu to zawsze działa. Jednak nie na niego, chwyta mnie i popycha w głąb zaułka, dociska mnie biodrami do ściany, a jedną ręką łapie za nadgarstki, przytrzymując je nad moją głową, przyparte mocno do muru.

– Chyba jednak zaryzykuję, masz ładną biżuterię i jeszcze inną rzecz, która mnie interesuje – wkłada mi rękę pod bluzkę i opiera swoją twarz na mojej.

– Spadaj, bo pożałujesz! – szarpię się i próbuję go przestraszyć, ale już wiem, że nic to nie da, jest zbyt silny. Po raz pierwszy od niepamiętnych czasów naprawdę się boję. –

Pomocy! Niech mi ktoś pomoże! Ratunku! – Może to coś da, może ktoś mi pomoże albo przynajmniej to go wystraszy. Widzę przechodzącą obok dziewczynę w skąpym stroju, przywołuję ją błagalnym wzrokiem, bo usta mam już zasłonięte jego dłonią, ona też mnie widzi, patrzy mi w oczy, lecz jakby nigdy nic odchodzi.

– Nie szarp się, to nie będzie tak bolało – mówi z obrzydliwym pożądaniem w głosie, robi mi się niedobrze.

– Proszę, puść mnie, zapłacę ci, możesz wziąć tę biżuterię, a w kieszeni kurtki mam pieniądze, weź i pozwól mi odejść.

– Spokojnie, wszystko po kolei, najpierw coś, na co mam większą ochotę. I nawet nie próbuj krzyczeć, bo nikt stąd ci nie pomoże, a będę przez to tylko mniej romantyczny – śmieje się lubieżnie, a ja czuję obrzydzenie i panikę.

Znowu ta okropna bezradność! Boże, błagam, zrób coś, pomóż mi jakoś, a uczynię, co tylko zechcesz! Nie wiem, dlaczego tak myślę, przecież w ogóle „nie znamy" się z Bogiem, ale w takich chwilach próbuje się wszystkiego. Jest mi niedobrze, czuję jego alkoholowo-tytoniowy odór i jestem zła na siebie samą za swoją głupotę. Co ja sobie myślałam? Czuję jego dłoń na moim ciele, dotyka mojego brzucha, pleców, pośladków, zaczyna rozpinać spodnie, jest tak silny, że nawet nie potrafię się poruszyć, ale przecież muszę się jakoś bronić. Jego twarz jest przy mojej, obleśnie dyszy mi do ucha, nie zastanawiam się i gryzę go w policzek, to jedyne, co mogę, jednak nie robi to na nim wrażenia, szybkim ruchem odsuwa twarz i z całych sił przyciska mnie do muru, to okropnie boli. Nic już nie mówi, tylko ironicznie się uśmiecha. Jestem bezbronna, mogę tylko czekać i liczyć na jego łaskę, zamykam oczy, a w głowie mam tysiące myśli. Nagle czuję, jak uderza o mnie całym swoim ciałem, jego głowa uderza o moją, puszcza mnie i osuwa się na ziemię, jestem w szoku, nie wiem, co się dzieje, ale jestem wolna. Naprzeciwko mnie stoi mężczyzna w średnim wieku, w ręku trzyma jakiś pręt; wystraszona uciekam najszybciej, jak potrafię, biegnę przed siebie, starając się omijać ludzi idących chodnikami. Na przystanku stoi autobus, wbiegam do niego i zajmuję miejsce blisko kierowcy. Próbuję się uspokoić i tym razem udawać pewność siebie, bo w tej chwili na pewno mi jej brakuje. Dopiero teraz czuję, że po policzku spływa mi coś ciepłego, przeglądam się w szybkie, to krew płynąca z rozciętego łuku brwiowego, wycieram ją rękawem kurtki. Ten świat jest jak dżungla i jak w każdej dżungli obowiązuje prawo silniejszego. Autobus na szczęście jedzie w kierunku dzielnicy, w której mieszkam; obserwuję ludzi, którzy też nim jadą, jak można się domyślić, typowa klasa średnia, niektórzy tak jak ja włóczą się bez celu, pewnie z braku zajęcia, niektórzy zmęczeni wracają z pracy. Pośrodku autobusu siedzi para, która tu nie pasuje, oboje ubrani w drogie rzeczy, uśmiechnięci i szczęśliwi rozmawiają wpatrzeni tylko w siebie, nie widzą, co się dzieje wokół nich. Ciekawe, czego szukają w autobusie, i to w takiej dzielnicy, zresztą ja też tu nie pasuję, może inni pasażerowie również się zastanawiają, co robi tu młoda, dobrze ubrana i zakrwawiona dziewczyna. A może w ogóle ich to nie obchodzi, bo dość mają swoich zmartwień, tak czy tak każdy ma jakąś własną historię. Autobus już dalej nie jedzie, wysiadam na ostatnim przystanku, mam szczęście, bo przy ulicy stoi taksówka, podchodzę do niej, wsiadam i podaję adres. Taksówkarz patrzy na mnie niepewnie, chyba trochę przestraszony moim wyglądem, podaję mu pięćdziesiąt funtów, już o nic nie pyta.

Dom, już dawno nie cieszyłam się tak na jego widok, idę pod prysznic, czuję się taka brudna. Stoję, a ciepły strumień koi moje myśli i zmywa stres z mojego ciała, które dopiero teraz się rozluźniło, nie zmywa jednak uczucia zbrukania. Mam wrażenie, jakby całe moje ciało pokrywał brud,

brud, którego nie potrafi zmyć woda, obiecuję sobie, już nigdy nie będę taka nierozsądna. Dopiero teraz przypomina mi się mój wybawca, a może to wcale nie był ktoś, kto chciał mi pomóc, może gdybym nie uciekła, on zrobiłby to, co chciał zrobić tamten brudas. Nie chcę już dziś o niczym myśleć ani nic czuć, chcę po prostu zasnąć w ciepłym łóżku i czuć się bezpieczna. Tak długo stoję pod prysznicem, że skóra na palcach mi się pomarszczyła, ubieram ciepłą pidżamę i zwinięta w kulkę kładę się do łóżka. Nie pamiętam, kiedy ostatnio było mi tak dobrze.

VI

Czuję się świetnie, wypoczęta i spokojna, patrzę na zegarek stojący na szafce nocnej, jest godzina trzynasta, niemożliwe, nigdy nie potrafiłam spać do tej godziny. Czuję, że coś się zmieniło, nie mam ochoty jak zwykle sięgnąć po butelkę czy coś mocniejszego i mimo że głowa mnie boli, jestem pełna energii, uderza mnie ten dziwny spokój, spokój i brak bólu duszy, ogarniającej bezradności. Rozglądam się wokół siebie, wszędzie panuje bałagan, plan na dziś – porządki. Uśmiecham się do siebie, bo zdaję sobie sprawę, że już dawno nie miałam żadnego planu, nawet planu dnia. Zakładam dres, włosy związuję w koński ogon, lekko tuszuję rzęsy, a twarz smaruję kremem. Przeglądam się w lustrze i widzę, że jestem dużo szczuplejsza, nie podoba mi się to, na sam widok zgłodniałam. Zbiegam po schodach do kuchni, rozglądam się za czymś do jedzenia, widzę jakieś resztki tego, co przyniósł mi Clark, ale nie są one pierwszej świeżości, zamówię coś na wynos. Biorę ulotkę ze swojej ulubionej restauracji, w której lubiłam jadać za czasów studenckich, i zamawiam to co zwykle. Dowiaduję się, że niestety będę musiała poczekać około godziny, to nic, włączam radio i biorę się za sprzątanie. Po całej kuchni walają się butelki i śmieci, muszę to wszystko pozbierać, biorę wielki worek i wszystko tam wrzucam, trochę czasu mi na tym schodzi. Zapełniam trzy worki i wygląda to już dużo lepiej. Wkładam wszystkie naczynia do zmywarki, sama się sobie dziwię, gdzie je znajduję, bo są nawet w łazience, szukam odkurzacza, nie jest to łatwe zadanie, bo zwykle nie odkurzam, robi to moja pomoc domowa, ale udało się, szukanie go w skrytce ze środkami czystości było dobrym pomysłem. Zmęczyłam się, ale jestem zadowolona z siebie, w końcu zrobiłam coś pożytecznego. Odkurzam całe mieszkanie, a gdy kończę, słyszę dzwonek, idę otworzyć.

– W samą porę – mówię, otwierając drzwi w wyśmienitym humorze, sama się nie poznaję, nie wiem, co wydarzyło się przez noc, ale niech tak zostanie. W innym humorze jest jednak chłopak, który przyniósł mi moje zamówienie, młody, wysoki, blondyn, dobrze zbudowany, nawet przystojny, ale bardzo wzburzony. Patrzy na mnie swoimi zielonymi oczami, w których widzę złość – spojrzeniem można wyrazić wszystko.

– W samą porę? Próbuję się tu dostać już od dziesięciu minut, najpierw nikt mi nie chciał otworzyć drzwi na dole, jak już się tu dostałem, to myślę sobie „teraz już będzie łatwo", ale nie, bo stoję pod drzwiami i słucham sobie muzyki i odkurzacza. – Widzę, że stara się traktować mnie grzecznie, jak klienta, ale jest dość mocno zdenerwowany.

– Odkurzałam i nie słyszałam, jak dzwoniłeś. – Czuję się nieswojo, nie przywykłam do takiego traktowania.

– Tyle to się domyśliłem, ale gdy zamawia się jedzenie, to powinno się liczyć z tym, że ktoś je może przywieźć, i czekać na nie. Mam też inne zamówienia, w mniej luksusowych dzielnicach, do których muszę dojechać, i przez ciebie dostarczę im zimne jedzenie – wręcza mi mój kartonik. – Czternaście funtów, kartą czy gotówką?

– Myślę, że w mniej luksusowych dzielnicach też słyszano już o piekarniku. Gotówką, pozwolisz, że pójdę po pieniądze. Kto zatrudnił tak niegrzecznego dostawcę? Podchodzę do blatu kuchennego, na którym leży torebka, i szukam w niej pieniędzy, dostawca stoi w otwartych drzwiach i przygląda mi się ze złością. Niespiesznie wyciągam z portfela dwadzieścia funtów i wolnym krokiem podchodzę do coraz bardziej rozgniewanego dostawcy: – Proszę, reszta dla ciebie za miłą i profesjonalną obsługę – podaję mu banknot i uśmiecham się lekko ironicznie.

– Dziękuję bardzo, myślę, że zainwestuję te pieniądze w jakiś poradnik typu „Jak nie być snobem" – odwraca się na pięcie i znika w windzie.

Bezczelny, jednak zamiast oburzyć, jego zachowanie mnie rozbawia, wyglądał jak bezradny mały szczeniak, który chciałby mnie ugryźć, jednak nie może. Biorę sztućce, siadam na mojej kanapie i zaczynam z apetytem jeść.

Zadzwonię do Clarka. Często dzwonił w ostatnim czasie, jednak nie odbierałam, widziałam się z nim tylko, gdy przypadkiem byłam w domu, a on przynosił mi jedzenie. Wybieram numer i czekam, aż odbierze.

– Charlotte, co się dzieje? – pyta jednym tchem.

– Cześć, ciebie też miło słyszeć, nic się nie dzieje ani nie stało, jestem w domu i jem trochę już wystygniętego kurczaka w sosie słodko–kwaśnym, a co u ciebie? – nie wiem, skąd u mnie taki dobry humor, ale słyszę, że Clark odetchnął z ulgą.

– U mnie wszystko dobrze, jestem na spotkaniu i specjalnie z niego wyszedłem, bo wystraszyłem się, że masz kłopoty, nawet nie odbierałaś telefonów, a co dopiero, żebyś sama zadzwoniła. Ale bardzo się cieszę, jak się czujesz?

– Wyjątkowo dobrze, niedawno wstałam i zabrałam się za porządki. – Jestem całkiem inną osobą niż wczoraj, to dziwne, bo przecież nic takiego przez noc się nie wydarzyło, ale jak widać każdy dzień może być nowym początkiem, więc dlaczego ten dzień nie miałby być początkiem zmiany mojego samopoczucia? – Głosem, w którym pobrzmiewa uśmiech, staram się przekonać Clarka, że nie żartuję.

– Porządki? Na pewno wszystko ok? Może przyjadę do ciebie? – Bawi mnie jego zdziwiony ton, nie potrafię wytrzymać i śmieję się głośno do słuchawki.

– Wiem, że może dziwić cię zmiana mojego nastroju, ale naprawdę jest ze mną dużo lepiej. Nie musisz przyjeżdżać, sama przyjadę do firmy, tylko jeszcze nie dziś, jeszcze nie czuję się na siłach. Ale ty przecież masz spotkanie, nie będę już przeszkadzać, dzwonię tylko powiedzieć cześć.

– Bardzo się cieszę, że dochodzisz do siebie, wypoczywaj, ile trzeba, ja się tu wszystkim zajmuję. Będę już kończyć, bo muszę wracać, ale dobrze, że dzwonisz, a gdy będziesz czegoś potrzebować, od razu mów.

– Clark, dziękuję za wszystko.

– Trzymaj się, mała.

Do oczu napływają mi łzy, przyjemnie, że dla odmiany nie są to łzy smutku, tylko wzruszenia. Siedzę jeszcze chwilę w spokoju, ciesząc się ciszą i przebywaniem sama ze sobą, mija trochę czasu, zanim zabieram się z powrotem za sprzątanie, które też pochłania mi go sporo. Jest już wieczór, ale pogoda dziś dopisuje, chyba się przejdę, choć tym razem wybiorę bezpieczniejsze miejsca i wrócę, zanim się ściemni. Przebieram się i już za dwadzieścia minut idę chodnikiem i obserwuję, jak okolica tętni życiem, każdy gdzieś się spieszy, a ja idę i oddycham pełną piersią. Po drugiej stronie ulicy widzę kościół, on zawsze tu był? Nigdy nie zwróciłam na niego uwagi, w sumie to nic dziwnego, bo taka wiedza nie jest mi do niczego potrzebna, nie korzystam z tej instytucji. Przypominam sobie, jak prosiłam Boga o pomoc, kiedy napadł mnie ten zboczeniec, obiecywałam, że zrobię wszystko, jeśli mi pomoże. Jakoś z tego wyszłam bez większego szwanku, ale nie jestem pewna, czy to zasługa Boga; ocalił mnie jakiś mężczyzna i nawet nie do końca jestem pewna, czy chodziło mu o to, aby mi pomóc, po prostu miałam szczęście. Jednak może wejdę, i tak nie mam co robić, w końcu obiecałam i nawet jeśli w to nie wierzę, to nic nie zaszkodzi. Przechodzę na drugą stronę ulicy, podchodzę do wysokiego, starego budynku z dużymi drewnianymi drzwiami, otwieram je, są ciężkie. Wchodzę do środka, jest tu chłodniej niż na zewnątrz, duża i pusta przestrzeń, czuć jej podniosły charakter, na ołtarzu palą się świece, poza mną nie ma tu nikogo.

Siadam w ostatnim rzędzie, czuję się nieswojo, po całym ciele przechodzą mi dreszcze. Dawno tu nie byłam. Pamiętam, że gdy jako mała dziewczynka chodziłam do kościoła z babcią, lubiłam to, często uczestniczyłam w tych obrządkach, chodziłam do spowiedzi, a wieczorami modliłam się, mogłam wtedy prosić Boga, o co tylko chciałam, kiedyś naprawdę w to wierzyłam. Potem babcia zmarła. Byłam taka zła, zaczęłam coraz rzadziej się modlić i chodzić do kościoła, zauważyłam, że nie ma różnicy, czy wierzę w Boga, czy nie, bo w moim życiu nic ta wiara nie zmieniała, postanowiłam więc nie marnować na to czasu. Siedzę i bezmyślnie patrzę na ołtarz, czuję, że do oczu napływają mi łzy. Nie wiem dlaczego, jednocześnie chcę stąd iść i zostać, bo tu mi dobrze. Może powinnam coś powiedzieć do Boga, podziękować, nie ma to większego sensu, skoro nie wierzę w jakiś wyższy byt, ale skoro już tu jestem… Od tyłu podchodzi ksiądz, nie zauważyłam go, podszedł bardzo cicho, wzdrygam się na jego widok, uśmiecha się do mnie i siada w tej samej ławce co ja. Krępuje mnie sam fakt, że jestem w kościele, a co dopiero jego obecność, nic nie mówi, po prostu siedzi obok i tak jak ja patrzy na ołtarz. Teraz już na pewno nie podziękuję, posiedzę chwilę i pójdę, nie chcę, żeby wyglądało to, jakbym uciekała.

– O tej godzinie wyjątkowo tu spokojnie, to dobra pora, aby przyjść, porozmawiać, poprosić lub przeprosić – mówi spokojnym głosem, odrywa wzrok od ołtarza i spogląda na mnie.

– Ja tu jestem przypadkiem, na chwilę, i właściwie to już wychodzę.

– Nie wstydź się, dużo osób przychodzi tu, gdy ma problem, każdy z nas musi w coś wierzyć.

– Ja wierzę w siebie i swoje możliwości, nie wierzę w żadne nadprzyrodzone siły, a tu jestem na chwilę, bo obiecałam. Moje słowa go rozbawiły, niepotrzebnie się tłumaczę. Nie wiedząc dlaczego, jestem zawstydzona. Spoglądam na niego i widzę mężczyznę w wieku około czterdziestu lat, o miłym wyrazie twarzy, jest spokojny.

– Nadprzyrodzone siły powiadasz… Każdy ma swoje określenie na stwórcę, jedni nazywają go Allachem, inni Buddą, starożytne ludy nadawały mu wiele imion i postaci, niektórzy też zwą go wszechświatem, ale nieważne, jakie nadajesz mu imię, ważne, że wierzysz w tę nadprzyrodzoną moc.

– Tak, tylko ja właśnie powiedziałam, że nie wierzę w nic takiego.

– Rozumiem, znam wielu niewierzących ludzi, oni też często przychodzą do kościoła i siedzą wpatrzeni w ołtarz ze łzami w oczach – patrzy na mnie życzliwie, z uśmiechem. Nienawidzę litości, nie potrzebuję jej, wkurza mnie swoją wszystkowiedzącą, pełną politowania gadką.

– Nic pan… nic ksiądz nie rozumie, nie potrzebuję zainteresowania, litości ani waszego Boga.

– Spokojnie, nie chciałem cię zdenerwować, znam się trochę na ludziach i widzę, że masz jakiś problem, chciałem tylko pomóc, bo mam na niego rozwiązanie.

– Jakie, skoro nie zna ksiądz nawet mojego imienia? Może Bóg księdzu podpowie? – Mimo moich sarkastycznych i opryskliwych uwag ten człowiek nie przestaje się do mnie uśmiechać, a jego ton jest nadal miły:

– Często mi podpowiada i pomaga, teraz też tak będzie, nie pomyliłaś się. To co, spróbujemy?

– Niestety nie mam na to czasu.

– Boisz się, że mam rację i twoja teoria o byciu panią samej siebie upadnie?

– Nie, bo moja teoria jest sprawdzona. Nie mam czasu ani ochoty, jestem tu przypadkiem, już wychodzę i na pewno nie wrócę.

– Szkoda, bo można powiedzieć, że moja teoria też jest sprawdzona, mogę się nawet założyć.

Co za dziwny człowiek, no dobra, może nawet księża czytają jakieś inne gazety niż katolickie i przeczytał to, co piszą o mnie, ale zna dzięki temu tylko moje imię. Nie zna całej prawdy, tylko to, co jakiś podrzędny dziennikarz wymyślił, nie zna mojej historii. Mam ochotę utrzeć mu nosa i pokazać, że nawet jego Bóg się myli.

– Założyć? O co? Jeśli ja przegram, wpłacę datek na Kościół w wysokości, powiedzmy, dwóch tysięcy funtów, ale jeśli wygram, co dostanę w zamian?

– Wolałbym coś innego niż pieniądze, na przykład jeśli ja mam rację, poświęcisz pięć godzin na pracę z naszymi podopiecznymi, a jeśli to ty masz rację, wtedy… No nie wiem, nic mi nie przychodzi do głowy, nie mogę ci zaproponować takiej sumy pieniędzy, może po prostu przyznam ci rację i na przykład posprzątam podwórko albo mieszkanie. – Jemu naprawdę na tym zależy, ten człowiek, mimo że mnie nie zna, stara się pomóc, nie mam pojęcia, co chce przez to zyskać, ale wzbudza tym moją sympatię.

– Ok, może być posprzątanie mieszkania, tylko uprzedzam, że ostatnimi czasy jest tam co sprzątać.

– Domyślam się, bardzo się cieszę, że się zgodziłaś. – Kto by pomyślał, że kiedyś będę spędzać wolny czas siedząc w kościele i rozmawiając z księdzem! Rozmawiamy, jakbyśmy się znali, już nie czuję się skrępowana, nawet miły z niego człowiek, mimo że myśli, że wszystko wie najlepiej. – Dobrze, więc widzimy się tu w niedzielę o ósmej rano. – Pomału wstaje i odchodzi.

– Jak to w niedzielę? Myślałam, że usłyszę teraz jakąś uniwersalną radę typu „zapomnij o nim", powiem, że niestety nie trafił ksiądz, a potem umówimy się na sprzątanie. – Znowu go rozbawiłam, śmieje się życzliwie i dalej idzie w stronę ołtarza.

– Muszę najpierw iść spytać nadprzyrodzonej siły, może mi podpowie, co mam powiedzieć. Do zobaczenia w niedzielę o ósmej rano.

Po chwili znika za drzwiami, które znajdują się obok ołtarza. Co za specyficzny, miły człowiek. Wychodzę z kościoła, pogoda z przyjemnej i ciepłej zmieniła się na wietrzną, nie mam już ochoty na spacer, idę w stronę domu. Po paru minutach wchodzę już do mieszkania, trochę tu chłodno, próbuję włączyć światło, nie działa, więc nie mam ani prądu, ani ogrzewania, ani nawet ciepłej wody. Dzwonię do administratora budynku, który mówi, że dziś jest już za późno, aby ktokolwiek mógł przyjść to naprawić, ale jutro z samego rana przyślą elektryka. Proponuje mi też nocleg w hotelu, jednak odmawiam. Chętnie wypiłabym herbatę, ale przecież się nie napiję, bo nie mogę zagotować wody. Złośliwość losu, od tak dawna nie piłam herbaty, a teraz, kiedy właśnie mam na nią ochotę, nie mogę. Biorę koc i otulona nim kładę się na kanapie.

VII

Budzi mnie dzwonek do drzwi. Zasnęłam na kanapie i tak przespałam całą noc, biorąc to pod uwagę, czuję się wypoczęta. To pewnie przyszedł elektryk. Otwieram drzwi i widzę młodego chłopaka, którego już skądś kojarzę.

– Dzień dobry, przyszedłem naprawić prąd, dobrze trafiłem, prawda? – Skąd ja go mogę znać… wiem.

– Ja cię skądś kojarzę, czy ty czasem nie przywiozłeś mi wczoraj jedzenia?

– Tak, przywiozłem, doskonała pamięć.

– I teraz przyszedłeś naprawić mi prąd?

– Tak, przecież już powiedziałem to na początku, chyba że sobie go sama naprawiłaś i ja nie jestem już potrzebny.

– Nie, proszę, wejdź, skrzynka z elektryką jest tutaj za drzwiami. – Wchodzi, kładzie swoje pudełko z narzędziami na podłodze i zabiera się do pracy. Przyglądam mu się z tyłu, jest całkiem przystojny i dobrze zbudowany, mniej więcej w moim wieku, gdyby się tyko nie odzywał, byłby do zniesienia. – Masz dwie prace? Może to nie moja sprawa, ale to dosyć dziwne, tym bardziej że te prace jakoś się ze sobą nie łączą.

– Pomagam przyjacielowi, który prowadzi firmę. Nie miał wolnych ludzi, a długo się starał, aby podpisać umowę z waszym dozorcą, zresztą nigdy nie odmawia, gdy dostaje zlecenia z tej okolicy. A ty za to nie trudzisz się pracą?

– Akurat mam urlop.

– Fajnie. Myślałem, że nikogo nie będzie, a drzwi otworzy mi dozorca, przynajmniej przeważnie tak jest, nawet wtedy gdy osoby, które zlecają nam naprawę, nie pracują, to i tak w tym czasie nie ma ich w domu. Mówię oczywiście o ludziach, którzy mieszkają tu gdzie ty. Nigdy nie zrozumiem, dlaczego inwestujecie w takie mieszkania, żeby potem z nich uciekać. Więc dziwi mnie, że mimo twojego urlopu siedzisz w domu, i to w tak mało oficjalnym stroju, a nie na przykład u fryzjera albo na ważnych rozmowach z przyjaciółkami – kończy zdanie, odwraca się i lustruje mnie wzrokiem z góry na dół, uśmiechając się przy tym ironicznie, nawet w jego oczach widzę ironię i chęć dokuczenia mi. Mimo że jest złośliwy i źle wychowany, stwierdzam, że ma bardzo ładny uśmiech.

– Każdy ma swój sposób życia i swoje powody, dlaczego je spędza tak albo inaczej. Ja na przykład nigdy nie zrozumiem, dlaczego tak młody chłopak ciągle narzeka, jest sarkastyczny i tak zazdrosny. Nikt nie broni ci wziąć życia w swoje ręce i zmienić go. Gdybyś poświęcał energię na spełnianie swoich marzeń, a nie na nienawiść do lepiej sytuowanych osób, byłbyś dużo szczęśliwszy. – Patrzy na mnie ze zdziwieniem, nie spodziewał się takiej reakcji, raczej uważał mnie za niepotrafiącą sobie poradzić głupią lalkę, a tu proszę, potrafię się bronić.

– Jasne, że tak, każdy może spełnić swoje marzenia, dla czego o tym nie pomyślałem? Zaraz zadzwonię do mojego bogatego taty i powiem, że chcę mieć swoją firmę, oczywiście prowadzoną przez kogoś innego, ja nie mam zamiaru się trudzić myśleniem, ja wtedy hmm… może pójdę na urlop. A nie, chwila, przecież ja nie mam bogatego taty, no trudno, więc po prostu naprawię ci elektrykę – tym razem jest nie tylko sarkastyczny, ale także zły, nawet lekko podnosi głos. Dość tego, co to ma być, za kogo on się uważa? Może ostatnio nie jestem tą dominującą, pewną siebie osobą, ale w mojej firmie jestem poważana, a to jest taki sam pracownik jak każdy i ma okazywać mi szacunek.

– Posłuchaj, widzę, o co ci chodzi, bogata, rozpieszczona dziewczynka, bez obowiązków, która dostała wszystko na złotej tacy. Otóż nie, ponieważ ja tak samo jak ty nie mam bogatych rodziców, a na wszystko, co posiadam, zapracowałam sama. Gdybyś nie był takim ignorantem i czytał prasę, to byś o tym wiedział. Jesteś moim pracownikiem i masz tak jak każdy inny pracownik okazywać mi szacunek, w przeciwnym razie, jeśli się nie dostosujesz, zapewniam cię, że staniesz się bezrobotny i będziesz mieć więcej czasu na narzekanie i obrażanie ludzi – mój głos tak jak zawsze w takich sytuacjach jest spokojny i stanowczy, po jego minie widzę, że zrobiło mu się głupio. – Pozwól, że pójdę ubrać bardziej oficjalny strój, a ty zajmiesz się swoją pracą – nie czekam na jego reakcję, tylko idę do sypialni. Wchodzę do łazienki i przeglądam się w dużym lustrze, rzeczywiście jeansy i lekko rozciągnięta koszulka z długim rękawem, w której chodziłam wczoraj i spałam całą noc na kanapie, nie są dobrym strojem, nawet żeby przyjąć elektryka. Biorę szybki prysznic, wycieram się i zastanawiam, co by tu na siebie założyć. W szafie znajduje się wszystko, od eleganckich kreacji po dresy, przeglądam sukienki. Nie no, co ja w ogóle wyprawiam, nie będę się stroić dla jakiegoś dostawco-elektryka, tylko po to, żeby mu coś udowodnić. Śmieję się sama z siebie i mimo że powinnam być zdenerwowana, humor mi dopisuje, chyba w ostatnim czasie wyczerpałam cały smutek, jaki był mi przydzielony. Wybieram to, w czym czuję się najlepiej, czyli jeansy i koszulę z długim rękawem, którą wciągam w spodnie, układam włosy, lekko się maluję i schodzę na dół. Niemiły pracownik nadal tam jest i dalej coś grzebie.

– Już prawie zrobione, jeszcze tylko sprawdzę, czy wszystko jest w porządku – mówi, gdy zauważa mnie kątem oka, ale nie patrzy na mnie. Po raz pierwszy w jego tonie nie wyczuwam nic złego, chyba zrozumiał, że jego zachowanie było nieodpowiednie.

– W porządku, dziękuję – odpowiadam oficjalnie. W powietrzu czuć napięcie, oboje milczymy. Stoję przy blacie kuchennym i obserwuję chłopaka, podchodzi do włącznika i go naciska, zapala się światło, gasi je i zbiera swoje narzędzia.

– Wiesz – zaczyna niepewnie, trochę się przy tym zacinając – chciałem cię przeprosić, i to nie dlatego, że boję się utraty pracy, ale dlatego że źle cię oceniłem i faktycznie w trakcie każdego naszego spotkania byłem dla ciebie niemiły, a to nie było ok. Dlatego naprawdę szczerze cię przepraszam – mówiąc to, nie patrzy na mnie, dopiero kończąc, podnosi wzrok i uśmiecha się nieśmiało. Ma jeszcze ładniejszy uśmiech, gdy nie jest on ironiczny.

– Ok, jestem w stanie to zrozumieć, chętnie przyjmę przeprosiny, ale musisz mi wynagrodzić te wszystkie nieprzyjemne słowa – mój ton i postawa nadal są oficjalne.

– Jak?

– Bo już od wczoraj mam ochotę na herbatę, ale nie miałam jak się jej napić przez brak prądu, więc jeśli napijesz się jej ze mną, jestem w stanie o wszystkim zapomnieć – uśmiecham się przyjaźnie, widzę, że on też odetchnął, atmosfera się rozluźnia.

– No nie wiem, w sumie to mam jeszcze trochę czasu, zresztą klient nasz pan, więc chyba przyjmę propozycję. – Patrzy na mnie z uśmiechem, po chwili zaczyna się śmiać i dodaje: – Bardzo chętnie wypiję z tobą herbatę.

– Świetnie, więc jakiej się napijesz? – podchodzę do szafki, włączam czajnik i otwieram szufladę z herbatami. – Earl Grey, czarnej, zielonej, jakiejś owocowej?

– Wybór jak w kawiarni! Wypiję taką jak ty – siada na wysokim krześle przy barze i tym razem to on przygląda się mnie, gdy przygotowuję nam herbatę. – Tak właściwie to nie wiem, jak masz na imię. Ja jestem Nick, a ty?

– Charlotte – podaję mu jego kubek z herbatą, kładę cukier i siadam naprzeciwko niego.

– Miło mi cię poznać – podaje mi rękę, jest ciepła. Nie sądziłam, że będziemy w normalny sposób rozmawiać.

– No proszę, potrafisz być miły, kto by pomyślał.

– Zdarza mi się.

– To może powiesz mi coś o sobie, na przykład dlaczego tak bardzo nie lubisz bogatszych ludzi, tylko dlatego, że mają pieniądze? Coś się stało, że jesteś taki niemiły, czy masz tak od zawsze?

– Wolałbym… Nie jestem raczej typem chłopaka, który opowiada o sobie, nie jestem wylewny, szczególnie przed dopiero co poznanymi osobami. Ale chętnie dowiem się czegoś o tobie.

– Nic z tego, zresztą jesteś mi coś winien, oberwało mi się za coś, o czym nie mam pojęcia, więc mam prawo wiedzieć – przedrzeźniamy się jak starzy znajomi.

– Ok, ale teraz ja mam warunek, mogę ci odpowiedzieć na to pytanie, ale w zamian ty też opowiesz mi coś o sobie.

– Ok, nie sądziłam, że tak łatwo mi pójdzie.

– Muszę iść na kompromis, jeśli chcę się dowiedzieć czegoś o tobie, jak inaczej będę mógł cię poznać?

– Miło to słyszeć. Więc opowiadaj, co takiego się wydarzyło.

– To nie tak, że nagle wydarzyło się coś, co zmieniło moje nastawienie, po prostu cały czas spotykam bogatych, rozpieszczonych ludzi, którzy myślą, że mając pieniądze, nie muszą szanować drugiego człowieka. Kiedyś mnie to nie denerwowało, bo myślałem, że też osiągnę sukces i nie będzie mnie obchodzić ich zachowanie, bo nie mnie tak będą traktować. Ja nigdy nie przestałbym być sobą i wykorzystałbym moją pozycję do pomagania innym, a nie do ich poniżania. Teraz, gdy już wiem, że ja nigdy nie będę na waszym miejscu. stałem się zły i rozgoryczony, a najlepsze w tym wszystkim jest to, że dopiero w tym momencie sobie to uświadomiłem, dzięki tobie.

– Dlaczego nie wierzysz już w swój sukces? – Myślę, że mówiąc o tym, stał się smutny i trochę zły, tyle w nim złości.

– Bo jestem realistą, chciałem iść na studia i zostać inżynierem elektromechaniki, po czasie otworzyć własną firmę lub piąć się po szczeblach kariery w jakiejś innej. Nie poszedłem na studia, więc plan już na początku się posypał.

– A nie studiujesz, bo…? – wtrącam, gdy ucichnął na chwilę, aby wziąć oddech.

– Bo życie często za nic ma twoje plany, nie miałem czasu ani pieniędzy na college, musiałem, i tak właściwie to nadal muszę, pracować, aby utrzymać sobie i siostrę. – Chcę mu zadać kolejne pytanie, ale to zauważa i tym razem jest szybszy: – Myślę, że dowiedziałaś się tego, co chciałaś, teraz twoja kolej. Powiedz mi coś o sobie – uśmiecha się, ale widać, że jest to trochę wymuszony uśmiech. Siedzimy naprzeciwko siebie, popijamy herbatę i mimo że tematy nie należą do wesołych, to jest miło. Co ja mam mu o sobie powiedzieć, że zostawił mnie facet, który był całym moim światem, że cięłam się, aby zagłuszyć bolące serce i przez to teraz noszę długie rękawy, że jestem bardzo zdesperowana, skoro rozmawiam z obcym chłopakiem?

– Nie wiem, co może cię interesować. Mam dwadzieścia pięć lat, pochodzę z małej miejscowości na południu Anglii, nie mam rodzeństwa i prowadzę własną działalność, choć aktualnie jestem na urlopie. A ty ile masz lat?

– Dwadzieścia sześć. Ty mała oszustko, nie ma tak łatwo, nie wykpisz się informacjami, które pewnie mogę wyczytać w intrenecie. Powiedz coś osobistego, tak jak ja to zrobiłem, bo inaczej… – robi minę, którą pokazuje, że intensywnie myśli.

– Bo inaczej co mi zrobisz?

– Bo inaczej zepsuję ci prąd i to w taki sposób, że nikt nie będzie w stanie go naprawić oprócz mnie. Ostrzegam, nie lekceważ mnie, jestem najlepszym elektrykiem w mieście. – Patrzymy na siebie i staramy się zachować powagę, po chwili jednak oboje w tym samym momencie zaczynamy się śmiać.

– Ok, prywata mówisz, więc… Jak pewnie zauważyłeś po moim poprzednim stroju, też mam teraz nie najlepszy okres, śpię na kanapie, włóczę się po nocach, sporo piję, olewam pracę i ogólnie robię rzeczy, z których nie jestem dumna. A właściwie tak było do wczoraj. Wczoraj rano obudziłam się i tak zwyczajnie poczułam się dobrze, nie sięgnęłam jak zwykle po alkohol, posprzątałam walające się butelki i nawet pomyślałam, żeby coś zjeść, zamówiłam więc jedzenie, które przywiózł mi najgorszy dostawca świata. A to wszystko, bo moje bajkowe życie jest złudzeniem, było idealne, sama sobie zazdrościłam, zastanawiałam się, czym na nie zasłużyłam, okazało się jednak, że chłopak, któremu poświęciłam ostatnie lata mojego życia, z którym chciałam założyć rodzinę, mnie zdradzał i nie widział w tym nic złego – wypowiadam to szybko i nie wierzę, że mi się udało to z siebie wydusić, ale dawno udowodniono, że jest nam łatwiej zwierzyć się komuś obcemu. Tym razem to ja smutnieję, a on patrzy na mnie wzrokiem pełnym zrozumienia, bez cienia litości, co mi się bardzo podoba.

– Doceniam twoją szczerość. Nie wiem, co mam teraz powiedzieć, nie jestem dobry w pocieszaniu. Na pewno nie powiem „będzie dobrze", bo wiem, jak to denerwuje – stara się mnie rozbawić i pociesza uśmiechem. – Wiesz, nie spodziewałem się, że będę obcej osobie opowiadać o swoich prywatnych sprawach, ale podobno łatwiej nam się zwierzyć komuś, kogo nie znamy, niż bliskim.

– Też tak słyszałam. – Jakby czytał w moich myślach, siedzi tak i wpatruje się we mnie, mój smutek znika, nie patrzę już na kubek, tylko na niego. Dobrze było to z siebie wyrzucić, dobrze, gdy wysłucha cię osoba, która cię nie ocenia.

Nigdy nie byłam wylewna, wszystko zachowywałam dla siebie i tłumiłam emocje, bo ludzi nie obchodzą twoje problemy. Jeśli o nich słuchają, są dwie opcje: albo chcą poczuć się lepiej dzięki temu, że ktoś inny ma gorzej, albo ta wiedza lub twoja sympatia się im do czegoś przyda. Tak właściwie to jest jeszcze trzecia opcja, a mianowicie taka, że to, co mówisz, zupełnie nic ich nie obchodzi, ale zapewniam, zawsze to zauważysz. Czuję, że on jest trochę inny niż wszyscy, dopija swoją herbatę, odstawia kubek na bok i wstaje.

– Muszę już iść, dziękuję za towarzystwo i herbatę, była naprawdę dobra.

– Nie ma za co, cieszę się, że nie piłam jej sama. – Pójdzie sobie stąd i możliwe, że więcej go nie zobaczę, a dobrze mi się z nim spędza czas, przy nim nie muszę niczego udawać. Ale przecież nie spytam o numer, nie będę się narzucać, to nawet nie wypada, choćbym była nie wiem jak samotna. Bierze swoje rzeczy i idzie w stronę drzwi, a ja go odprowadzam, staje w progu i odwraca się z uśmiechem.

– Jutro będę po ciebie o osiemnastej, odpowiada ci godzina? – Jestem szczęśliwa, choć wiem, że nie powinnam, to przecież nic takiego. Udaję nieprzystępną, kobiety często tak robią.

– Po mnie? I wtedy...

– Wtedy pójdziemy na randkę, obstawiam jakiś bar z kebabem, spędzimy średnio udany wieczór, a ja zrobię sobie z tobą zdjęcie, które potem będę pokazywać kumplom, chwaląc się, jaką wyrwałem laskę. Tylko nie zakładaj tego dresu.

– Brzmi dobrze, martwi mnie jednak słowo randka, czy jest konieczne? Bo wiesz, na razie nie chciałabym chodzić na randki – lubię się z nim przedrzeźniać, lubię, gdy żartuje, lubię sposób, w jaki poprawia mi humor.

– Niestety konieczne, płacę za kebab, więc wymagam. To jak? Wiem, gdzie podają najlepsze kebaby, taka okazja może się nie powtórzyć.

– Ok, przekonałeś mnie.

– Super, do zobaczenia jutro.

Znika za drzwiami windy, a ja nadal mam przed oczami jego czarujący uśmiech. Siadam na kanapie, w szybie na przeciwko widzę swoje odbicie, które z jakiegoś powodu się uśmiecha, jestem szczęśliwa. Z jakiegoś powodu... To oczywiste z jakiego, tylko że nie powinno tak być...

VIII

Jest dopiero godzina trzynasta, a ja już zrobiłam wszystko, co możliwe. Moje mieszkanie lśni, byłam w markecie po zakupy, w końcu mam coś w lodówce, do osiemnastej jeszcze sporo czasu, a ja nie lubię tak siedzieć i czekać, wtedy czas okropnie mi się dłuży. Co by tu robić? Może pojadę do firmy albo na siłownię, a może i tu, i tu? To będzie dobry sposób na zabicie czasu, najpierw firma, potem siłownia. Wbiegam do góry i pakuję moją torbę treningową, tylko że w koszulce do treningu będzie widać moje nadgarstki. Jestem zła na siebie za swoją głupotę. I co teraz? Wiem, opaski na ręce do wycierania potu, gram w nich tylko w tenisa, ale na teraz są idealne.

Mam pomysł, muszę mieć coś dla Clarka, chcę mu pokazać, że doceniam to, co dla mnie zrobił, tylko co może wyrazić moją wdzięczność... Już wiem, co to może być, po drodze do firmy muszę więc się jeszcze gdzieś zatrzymać. Zjeżdżam na parking i podchodzę do mojego nowego audi R8. Mój wymarzony samochód, którym praktycznie nie jeżdżę. Widząc auto, zdaję sobie sprawę, jak bardzo się zmieniłam od czasów studiów, choć minęły zaledwie trzy lata. Zmieniły się moje priorytety, choć jak się głębiej nad tym zastanowię, to wiem, jakie one były kiedyś, były jasno sprecyzowane, ale jakie są teraz? Co lub kto jest teraz dla mnie najważniejszy? Wsiadam do samochodu, przyjemnie znowu go prowadzić, zatrzymuję się po drodze tylko w jednym miejscu i po niecałej godzinie stoję przed budynkiem firmy. Dziwnie się czuję, bo dawno tu nie byłam, mam motyle w brzuchu z podniecenia i trochę się denerwuję. Ale spokojnie, jak zawsze pewność siebie i wszystko będzie dobrze. Wchodzę do budynku i wjeżdżam do góry, gdzie znajdują się biura. Wychodząc z windy, widzę od razu znajdujące się naprzeciwko biurko sekretarki, która zrobiła bardzo zdziwioną minę, gdy mnie zobaczyła.

– Dzień dobry, pani prezes – nic więcej nie jest w stanie z siebie wydukać, a zwracając się do mnie „pani prezes", mówi to z niepewnością, jakby nie była przekonana, czy to właściwy zwrot.

– Dzień dobry, czy Clark jest u siebie? – pytam z uśmiechem, a jej twarz przyjmuje jeszcze bardziej zdziwiony wyraz, choć pewnie nie jest ona tego świadoma.

– Pan wiceprezes jest na naradzie, która powinna już dobiegać końca. Mam coś przekazać, poprosić wiceprezesa?

– Nie, dziękuję, poczekam na niego w jego gabinecie. – Odchodzę, a ona w pośpiechu siada i pisze coś na swoim komputerze, jestem przekonana, że to e-mail, który niezwłocznie roześle po pracownikach, pewnie treści typu „Wróciła i ewidentnie coś z nią jest nie tak! Będzie afera!".

Przechodząc przez firmę, czuję na sobie spojrzenia wszystkich pracowników, kłaniają mi się grzecznie, jednak widzę, że za moimi plecami szepczą coś między sobą. Gdy tylko na nich spojrzę, peszą się i zaczynają zajmować swoimi obowiązkami. Przynajmniej oni jeszcze czują do mnie respekt. Chce mi się śmiać, gdy porównam jak traktują mnie oni, a jak mój dostawca, znaczy Nick. Wchodzę do gabinetu

Clarka, siadam w fotelu, włączam radio i cierpliwie na niego czekam. Nie trwa to długo, po jakichś dziesięciu minutach wchodzi równie co sekretarka zdziwiony Clark. Na mój widok uśmiecha się szeroko i przytula mnie serdecznie; zaskakuje mnie tym, bo nie należy do osób okazujących emocje, a już na pewno nie w miejscu pracy.

– Co ty tu robisz, cała firma już wrze, że pani prezes przyszła mnie wyrzucić – uśmiecha się serdecznie, chyba naprawdę się cieszy, że mnie widzi.

– Niby dlaczego miałabym zwolnić kogoś, komu tyle zawdzięczam? Zauważyłam, że wszyscy tu patrzą na mnie z takim zdziwieniem, jakby co najmniej zmartwychwstała.

– No takiej wersji jeszcze nie słyszałem, ale uwierz mi, że było ich wiele i co jedna to bardziej pomysłowa: było na przykład, że pani prezes zwariowała i jest w zakładzie psychiatrycznym lub na odwyku, było, że ja podstępem korzystając z twojego szaleństwa, przejąłem twoje udziały, była też wersja, że ty nadal jesteś właścicielką, ale ja korzystam z tego, że cię nie ma, wyprowadzam pieniądze z firmy i mam zamiar wyjechać do ciepłych krajów.

– Powinniśmy nagradzać najlepsze pomysły, na przykład nadgodzinami.

– Świetny pomysł, jeszcze teraz, po twojej wizycie, cała firma by pracowała parę godzin dłużej. – Siadamy przy biurku, a Clark w dużym skrócie opowiada, jak idzie w firmie, rozmawiamy swobodnie, co chwilę się przy tym śmiejąc.

– To kiedy wracasz? – pyta w końcu Clark.

– Myślę, że od poniedziałku zacznę już normalnie pracować.

– Świetnie, a powiedz, jak się czujesz, już wszystko ok? Bardzo schudłaś, musisz przyjść do nas na obiad, zabieram cię dziś ze sobą, Anna coś pysznego przygotuje i nie chcę słyszeć odmowy.

– Czuję się już znacznie lepiej, nie piję już i już nie pakuję się w kłopoty. Głupio mi się do tego przyznawać, ale wiem, że widziałeś, co robię, więc nie będę udawać. Chciałam ci podziękować za to, co dla mnie zrobiłeś, doceniam to wszystko. Pomógł mi fakt, że mam kogoś, na kogo mogę liczyć, kiedy wszystko zawiodło. – Naprawdę mi wstyd, gdy przyznaję się do tego wszystkiego, ale Clark patrzy na mnie życzliwie i ze zrozumieniem, nie oceniając mnie.

– Poczujesz się jeszcze lepiej, jak skosztujesz specjałów Anny! To co, przekładam wszystkie spotkania i jedziemy?

– Niestety dziś jest to niemożliwe, bo jestem już umówiona, ale chętnie skorzystam z zaproszenia w innym terminie.

– Umówiona? Z kim? – trochę stracił entuzjazm i się zmartwił.

– Nie martw się, z nikim niewłaściwym, zwykłe przyjacielskie wyjście na kebab z chłopakiem, którego niedawno poznałam.

– Na kebab? Gdzie go poznałaś? – teraz Clark jest niemal zszokowany, bawi mnie to.

– Tak, na kebab, ale nie na taki zwykły kebab, tylko najlepszy kebab w mieście… A poznałam go, gdy przywiózł mi zamówione jedzenie i gdy naprawiał mi elektrykę w mieszkaniu.

– Charlotte, traktuj to wszystko z dystansem, nie pakuj się w nic, nie jest ci to potrzebne.

– Dobrze wiesz, że potrafię uczyć się na błędach jak mało kto, więc się już o mnie więcej nie martw. Niemniej jednak doceniam to wszystko, zawsze doceniałam, chociaż nigdy ci tego nie powiedziałam. Mam coś dla ciebie – podaję mu kopertę owiniętą wstążeczką, co sprawia, że na jego twarzy z powrotem pojawia się uśmiech.

– Znam cię i wiem o tym, nawet jeśli tego nie mówisz. Nie musiałaś mi nic kupować.

– Otwórz i nie marudź. – Otwiera kopertę i wyciąga z niej dwa najlepsze bilety na koncert naszego ulubionego zespołu z czasów studenckich.

– Najlepsze możliwe miejsca! Jak dziś pamiętam tamten koncert, staliśmy tak daleko, że nie było szans nic zobaczyć, a jakby tego było mało, przed nami stało dwóch otyłych, spoconych mężczyzn, ale bilety były tanie i świetnie się bawiliśmy, cieszyliśmy się, że mogliśmy tam być. To zabawne, bo po koncercie obiecaliśmy sobie, że kiedyś jeszcze na niego pójdziemy, tylko kupimy lepsze miejsca, choćbyśmy mieli na nie zbierać parę miesięcy, a później, mimo że mogliśmy, to nigdy tego nie zrobiliśmy. A wiesz, że ja nadal bardzo lubię ten zespół? Piękne wspomnienia, nie mieliśmy pracy ani pieniędzy, ale potrafiliśmy się cieszyć drobnymi rzeczami, mimo że mieliśmy gorszą sytuację, mniej się martwiliśmy o wszystko. Dziękuję, że mi o tym przypomniałaś! To co, tym razem bawimy się jak VIP-y? – Cieszę się, że prezent mu się spodobał, wydawało mi się nawet, że przez sekundę w oku zakręciła mu się łezka.

– Żadne my, to są bilety dla ciebie i Anny, mam nadzieję, że będziecie się dobrze bawić. Nie będę ci już przeszkadzać, widzimy się w poniedziałek?

– Tak, widzimy się w poniedziałek. Dziękuję za prezent, to miłe, i bardzo się cieszę, że wracasz.

– To ja dziękuję za wszystko, miłego dnia.

– Również miłego dnia i wieczoru, ale żeby nie był za miły, trzymaj się z dala od kłopotów.

– Dobrze, szefie – przytulam go na pożegnanie i wychodzę, zostawiając go w dobrym humorze. Cieszę się, że jest, bo bez niego mogłoby być teraz ciężko.

Co by tu założyć, żeby wyglądać ładnie, ale jednocześnie za bardzo się nie wystroić? Stoję przed lustrem w samej bieliźnie i czuję się jak nastolatka, która szykuje się na pierwszą randkę, a ja przecież ani nie jestem nastolatką, ani nie idę na prawdziwą randkę. Nie mam dużo czasu na podjęcie decyzji, bo zasiedziałam się na siłowni. Dobrze było poćwiczyć, lubię to robić, zwłaszcza że miałam dobre towarzystwo – młodą, chcącą zaistnieć modelkę, którą wcześniej już widywałam, ale nie zwracałam uwagi na jej zagadywanie mnie. Dziś była jedną z nielicznych osób, które były dla mnie życzliwe i nie oceniały. Zresztą co ja takiego zrobiłam, że wszyscy patrzą na mnie, jakbym popełniła jakąś zbrodnię? Widzieli w gazetach moje zdjęcia, gdy włóczę się pijana, wdaję w bójki i pyskówki, więc myślą, że wiedzą już o mnie wszystko. Wkurza mnie to jak nic innego, ale przynajmniej teraz wiem, komu ufać. Gdy nikt już w ciebie nie wierzy, nic od ciebie nie oczekuje i nawet niczego się po tobie nie spodziewa, bo każdy spisał cię na straty, wtedy nie czujesz już presji, aby ich nie zawieść, czujesz za to ulgę, ogromną ulgę, że gdy spieprzysz swoje życie, to co najwyżej zawiedziesz tylko siebie. Zakładam zwykłe jeansy i koszulę w kratę z długim rękawem, wciągniętą w spodnie, do tego czarne szpilki i czarna torebka, prosty zestaw, który sprawdzi się na dziś. Akurat rozlega się dzwonek, w samą porę, schodzę na dół i otwieram drzwi, w których stoi przystojny, zielonooki brunet w jeansach i koszuli.

– Widzę, że wybrałam odpowiedni strój.

– Idealny, ślicznie wyglądasz, zadzwonię po taksówkę, bo nasza restauracja jest kawałek stąd, a mój samochód… powiedzmy, że jest u mechanika.

– Zdarza się, dlatego weźmiemy mój w zastępstwie.

– Nie, nie wypada, żeby to dziewczyna prowadziła, taksówka to dobry środek transportu.

– A kto powiedział, że to ja będę prowadzić? – na szafce przy drzwiach leżą kluczyki, biorę je i mu podaję.

– No dobrze, niech będzie.

Wychodzę z mieszkania i idziemy do windy, uczucie nastoletniego podekscytowania nadal mi towarzyszy, jakie to miłe. Zjeżdżamy na pełny parking, Nick wciska przycisk od automatycznego zamka, a moje audi mruga światłami i wydaje z siebie dźwięk otwieranych drzwi.

– Tym mamy jechać? Chyba żartujesz, to jedno z fajniejszych aut na świecie! Naprawdę mogę prowadzić? – teraz on chyba też czuje się jak nastolatek, uśmiecha się i cieszy jak dzieciak. Przy nim ja też cały czas się uśmiecham.

– Pewnie, że tak, a dlaczego by nie?

– Więc zapraszam panią – podchodzi i otwiera mi drzwi, udając przy tym kamerdynera, a do tego jego uwodzicielski uśmiech numer dwa, bo uśmiech numer jeden jest ironiczny – zauważyłam, że obu używa tak samo często.

– Dziękuję.

Szybko obiega auto, wsiada do niego i rusza, nie potrafi się skupić na drodze, bo co chwilę coś wciska i bawi się różnymi funkcjami samochodu, odkrywając co rusz jakąś inną. Zachowuje się jak mały chłopiec, ale cieszy mnie, że nie zakłada maski i nikogo nie udaje.

– A może zaparkujemy gdzieś dalej i dojdziemy do naszej knajpki? Jest taki ładny wieczór, co ty na to? Masz ochotę na spacer czy w tych butach nie da się chodzić?

– Spacery w ciepłe wieczory to jedna z moich ulubionych rzeczy.

– A inne to na przykład?

– Na przykład wieczór na kanapie z dobrą książką przy ciepłym świetle albo oglądanie fajerwerków w sylwestra – jedna z najpiękniejszych rzeczy według mnie. A ty? Co ty lubisz?

– Teraz zmieniłem zdanie, na pierwszym miejscu jest jeżdżenie superfurami z ładnymi dziewczynami, a tak poza tym to na przykład lubię biegać i chodzić na siłownię albo spędzać wieczory pod kocem z popcornem, oglądając dobry film, ale koniecznie w towarzystwie, samemu to już nie to. Zaparkuję tutaj na parkingu, są tu kamery i mamy stąd już niedaleko.

Wieczór jest naprawdę przyjemny, idziemy powoli, blisko siebie, jednak nie na tyle, aby się dotykać. Między nami nie ma krępującej ciszy, w ogóle nie ma nic nienaturalnego. Mam wrażenie, że jest sobą, okazuje emocje i zachowuje się spontanicznie, nie analizuje każdego swojego ruchu i słowa. Rozmawiamy, jakbyśmy się znali już od dawna.

– To już tutaj – otwiera mi drzwi i wchodzimy do małej knajpki, w której jest raptem z siedem stolików. Nie ma kart, nad barem wisi tablica z menu, skromnie, ale przytulnie, i ładnie pachnie jedzeniem.

– Ładnie pachnie, chyba miałeś rację, mówiąc, że to najlepsze miejsce z tego typu jedzeniem.

– Przeważnie mam rację – mówi, uśmiechając się szelmowsko. – Chcesz coś wybrać czy zdasz się na mój dobry gust?

– Zdam się na ciebie – siadam przy stoliku obok okna, a on podchodzi do lady i wita się z barmanem; chyba się znają, pewnie często tu bywa Zamawia dwa takie same kebaby w bułce, nie mogę się napatrzeć na jego swobodny sposób bycia.

– Zamówienie będzie gotowe za jakieś dziesięć minut, szybko i smacznie – siada przy stoliku i podaje mi szklankę i butelkę wody, sobie wziął to samo do picia.

– Musisz często tu jadać, skoro już znasz się z barmanem.

– Znam go ze szkoły średniej, chodziliśmy razem do klasy. Gdy nie mam czasu zjeść czegoś w domu, jem przeważnie tutaj. Przepraszam, że nie zwracałem na ciebie uwagi, gdy tu jechaliśmy, ale musisz zrozumieć, że nie codziennie mam okazję prowadzić taki samochód. Postaram ci się to wynagrodzić, jak ci minął dzień?

– Nic nie szkodzi, aż miło było patrzeć na twoją radość. Mój dzień w porządku, byłam dziś w firmie i od poniedziałku wracam do pracy, cieszę się, bo brakowało mi tego. A tobie jak minął dzień?

– Też ok, dobrze, gdy praca sprawia nam przyjemność. Moja siostra chce studiować na uczelni, którą skończyłaś, co o niej sądzisz, to dobry wybór?

– Pewnie, że tak, to dobra uczelnia. Jeśli chce się czegoś nauczyć, to jak najbardziej polecam. Poza tym słynie nie tylko z wysokiego poziomu, ale też z najlepszych imprez.

– Taa, o tym też słyszałem, dlatego się waham, czy się na to zgodzić.

– Nie przesadzaj, każdy się musi wyszaleć, pozwól jej się bawić, bo kiedy indziej, jak nie teraz, gdy jest młoda, ma cały świat u stóp i wierzy, że może osiągnąć wszystko, co tylko zechce? Nie psuj tego i nie hamuj jej. A poza tym jest dorosła i może zrobić wszystko, co zechce, a jeżeli masz takie szczęście, że bierze pod uwagę twoje zdanie, to jej zaufaj, na pewno jest mądrą dziewczyną.

– He, jaka pouczająca wypowiedź! Ale chyba jest w niej trochę racji.

– Widzisz, nie tylko ty masz zawsze rację. A tak właściwie to skąd wiesz, gdzie studiowałam?

– Wpisałem w Google twoje nazwisko. – Barman przynosi nam jedzenie i życzy smacznego, widać mamy specjalne względy, bo panuje tu samoobsługa.

– Ale z ciebie bystrzak, ja na to nie wpadłam. Zresztą masz mało wiarygodne źródło informacji, jeśli posługujesz się jakimiś wyjętymi z kontekstu sytuacjami i zdjęciami z plotkarskich stron. – Jedzenie jest naprawdę dobrze zrobione.

– Dlatego przeczytałem tylko twoją biografię, zresztą jestem na tyle bystry, że nawet gdybym coś przeczytał, nie sugerowałbym się tym, nigdy nie oceniam ludzi, zanim sam ich nie poznam. Na mój temat nie znalazłabyś pewnie nic.

– Nieładnie jest wcześniej sprawdzać osobę, z którą się umawia – udaję obrażoną, ale jego to bawi, uśmiecha się tylko serdecznie.

– Każdy tak teraz robi, moja siostra mi to doradziła. Jak ci smakuje jedzenie, bo nic nie mówisz na ten temat?

– Bardzo mi smakuje, jest naprawdę dobrze przyrządzone, ale co by było, gdybym stwierdziła, że jest średnie?

– Nic, mojego zdania na ten temat by to nie zmieniło, ewentualnie mogłabyś zaproponować inną… budkę z jedzeniem – droczy się ze mną. Nagle ktoś z drugiej strony puka w szybę, przy której siedzimy, Nick się trochę zmieszał, do naszego stolika podchodzi dwóch chłopaków.

– Cześć, panie „nie mam dziś ochoty" – drażnią się z nim, a on jak dziecko denerwuje się, gdy go zaczepiają. – A co to za ładna dziewczyna, dla której nas olałeś? Jestem Adam, a to Lucas – mówi jeden z nich, bierze moją rękę i ją całuję, drugi idzie w jego ślady i robi to samo.

– Cześć, jestem Charlotte, nie wiedziałam, że zabieram wam kolegę. nie wspominał nic o was.

– No, tak właściwie to mu się nie dziwię, że wybrał twoje towarzystwo, a nie nasze – mówi drugi z nich.

– Mówiłem, że nie mam ochoty, i nie kłamałem, nie miałem ochoty iść na koncert, ale za to miałem ochotę wyjść na kebab z Charlotte – początkowe zmieszanie Nicka się ulatnia, jednak jego koledzy nie odpuszczają, specjalnie uśmiechają się do mnie zalotnie i udają, że mnie podrywają.

– Taką damę bierzesz na kebab? Daj spokój, Nick – mówi Adam, a Lucas przerywa mu, dodając: – Może ty nie masz ochoty na koncert, ale skąd wiesz, czy Charlotte jej nie ma? Może zechciałabyś przejść się z nami na koncert fajnej kapeli, grają w niej nasi znajomi? Możemy zapewnić jako atrakcję dodatkową jakąś normalną restaurację. – Zabawni są, podoba mi się, że zawsze pewny siebie i wyluzowany Nick też czasem może się denerwować, ich niewinne żarty go drażnią, a mnie bawią.

– Nie miałabym nic przeciwko, ale umówiłam się z Nickiem. Nie wiem, co on zaplanował na resztę wieczoru, ale chyba zdecyduję się spędzić go z nim.

– To co, Nick, zaplanowałeś coś specjalnego czy pójdziecie z nami? Przedstawisz „koleżankę" siostrze, bo raczej też tam będzie, i z tego, co słyszałem, przyjdzie z jakimś „kolegą". – I tym przyciągnęli jego uwagę, można z niego czytać jak z otwartej książki.

– Masz ochotę iść ze mną i tymi dwoma niewychowanymi… chłopakami do pubu? Zespół jest wart posłuchania – zwraca się do mnie, całkowicie ignorując przyjaciół.

– Z chęcią znów zaufam twojej fachowej opinii. – Uśmiecha się do chłopaków swoim ironicznym uśmiechem, a dla mnie uśmiech numer dwa.

– I tak w sumie nie miałem zaplanowanej dalszej części wieczoru – mówi do nich, wymieniają między sobą porozumiewawcze spojrzenia, wstajemy i wychodzimy z lokalu. Idziemy w stronę klubu „Zero", chłopaki najpierw starają się mnie podrywać, otwierają drzwi i zagadują, jednak gdy zauważają, że Nicka naprawdę już zaczyna to denerwować, odpuszczają i idą dwa kroki przed nami.

– Przepraszam za nich, czasem zachowują się jak dupki, które za wszelką cenę chcą mnie zdenerwować. Z reguły nie jest to prosta rzecz, a że teraz wyczuli okazję, to jak widać korzystają z niej do oporu. Naprawdę masz ochotę spędzić czas w klubie i do tego w towarzystwie moich znajomych?

– Ja tak, ale widzę, że ty nie jesteś zachwycony tym pomysłem.

– Nie, nie, wydaję ci się, nie chodzi o to, że nie chcę, ale wiesz, spotkaliśmy się pierwszy raz, to spotkanie koleżeńskie, a wyszło, że już poznajesz moich znajomych i moją siostrę. Nie chciałbym, żeby to wyszło poważniej, niż jest w rzeczywistości.

– Rozumiem, czyli chodzi ci o to, żebym sobie za dużo nie obiecywała po tym wieczorze, bo jest on przypadkowy, a początkowe słowo „randka" zamieniamy na „koleżeńskie spotkanie"?

– Nie, nie, źle się wyraziłem! Zaprosiłem cię, bo chciałem się z tobą spotkać. Co prawda mówiłem, że to randka, ale musisz wiedzieć, że ja nie spotykam się z dziewczynami na… randki, a już na pewno nie dwa razy. Za to z tobą bym chciał się spotkać drugi raz, tylko boję się, że za szybko to się dzieje. Możesz poznać moich znajomych jako moja przyjaciółka, a nie, że będą już nas w jakiś sposób łączyć, kiedy my tego nie robimy – miesza się i nie wie, jak się wytłumaczyć, ale rozumiem, o co mu chodzi. Ma rację, tak będzie lepiej; nie wiem, czy myśli w tym wypadku o sobie, czy o mnie, ale dla mnie na pewno tak będzie lepiej.

– Dobrze. A tak właściwie dlaczego idziemy na nogach, skoro niedaleko mamy zaparkowany samochód? – zmieniam temat, na jego twarzy widać ulgę i znów czarujący uśmiech.

– Bo lepiej, żeby nikt nie widział, jaki masz samochód, jeszcze oni też chcieliby się przejechać, a na pewno nie są takimi dobrymi kierowcami jak ja. Wiesz, szkoda auta, tym bardziej że to tak blisko, już jesteśmy na miejscu. Poza tym słyszałem, że ktoś tu lubi spacerować. – A więc wstydzi się tego, że jestem bogata. Ok, nawet jestem w stanie to zrozumieć, z psychologicznego punktu widzenia to całkowicie normalne, że różnica statusu godzi w jego ego; nie przeszkadza mi to, jeśli nadal ma zamiar być taki czarujący.

Wchodzimy do klubu, jest mały i zatłoczony, nie urządzony w żadnym konkretnym stylu, ale ma swój klimat, który mi się podoba. Podchodzimy do stolika, przy którym siedzą już dwie dziewczyny i jeden chłopak – wszyscy patrzą na mnie z pytającym wyrazem twarzy. Chłopak, w przeciwieństwie do dziewczyn, które mierzą mnie niemiło wzrokiem, jest zadowolony z mojej obecności. Trochę mnie peszy towarzystwo, którego nie znam, a które do tego jest do mnie mało przychylnie nastawione. Nick to zauważa, odwraca się do mnie z szarmanckim uśmiechem, puszcza oczko i łapie mnie za rękę. Od razu czuję się pewniej, mimo że przez to dziewczyny patrzą na mnie z jeszcze większą niechęcią.

– Patrzcie, kogo znaleźliśmy po drodze, to jest Charlotte, a to Harry, Jessica i Megan – Lucas mnie przedstawia, podaję rękę wszystkim po kolei.

Harry jest niskim, lekko przy kości, śliniącym się na mój widok chłopakiem w garniturze. Jessica to ładna, szczupła blondynka, ma na sobie bluzkę z głębokim dekoltem, z której prawie wypada duży biust, jej początkowa niechęć do mnie chyba znika, bo obdarza mnie szczerym uśmiechem. Niechęć Megan jest nadal widoczna, to niska brunetka, bardzo ładna, jednak o niemiłym wyrazie twarzy. Harry odsuwa mi krzesło obok siebie, siadam, a z drugiej strony siada Nick, który przewraca oczami, jakby chciał powiedzieć: „No nie, następny". Jest też wkurzony na siebie, bo nie ma tu jego siostry i właśnie się zorientował, że dał się nabrać.

– Cześć, miło nam cię poznać – Harry chyba stara się mnie poderwać, ale nie wychodzi mu bycie uwodzicielskim i wygląda to zabawnie.

– Nick ma fajne koleżanki, których nam nie chce przedstawiać – dorzuca Lucas. – A tak właściwie to skąd się znacie?

– Można powiedzieć, że znamy się z pracy.

– Też pracujesz w tej restauracji co Nick?

– Nie, zamówiłam z niej jedzenie, Nick mi je przywiózł, trochę na mnie nawrzeszczał za to, że musiał długo czekać, aż otworzę, potem spotkaliśmy się jeszcze raz, jak naprawiał mi elektrykę, i postanowiliśmy spotkać się po raz trzeci.

– Jakie to urocze, cały Nick – ironicznie komentuje Megan. – A ty czym się zajmujesz? Bo że Nick ma parę etatów, to wiemy.

– Ja pracuję w London Development.

– O, korporacja, i jak ci się tam pracuje? Też kiedyś chciałam się u nich zatrudnić, ale nie mam głowy do tych wszystkich cyferek – mówi Jessica.

– Ty masz głowę do czegoś innego – zaczepnie dodaje Adam i obejmuje ją ramieniem, wgląda na to, że są parą, wszyscy wybuchają śmiechem.

– Nie narzekam, chciałam mieć taką pracę, więc cieszę się, że mi się udało. – Nick uśmiecha się do mnie porozumiewawczo, a w jego oczach widzę „dziękuję, że nie mówisz całej prawdy".

– Ja bym nie mógł tam pracować, szefową jest kobieta, a mną nie będzie żadna baba rządzić, poza tym niezła laska z niej, a głupio tak lecieć na szefa – stwierdza Lucas; fajnie tak posłuchać trochę o sobie.

– Może by się poznała na twoim uroku, uwiódł byś ją i sam byłbyś bogatym szefem – przedrzeźnia go Adam.

– Możliwe, że tak, ale nawet jeśli, to nie miałaby u mnie szans, podobno suka z niej, jakich mało. Ja wolę miłe i mądre dziewczyny z poczuciem humoru, na przykład takie jak Charlotte – stara mi się przypodobać, Nick nie może wytrzymać ze śmiechu.

– Idę do baru, chcesz coś?

– Może tylko sok, chyba będę musiała wrócić samochodem do domu.

– A wy coś chcecie? – zwraca się do wszystkich siedzących przy stoliku.

– Ja poproszę piwo – Megan z uśmiechem podaje mu swój pusty kufel, dotykając przy tym zbyt długo jego dłoni.

– A was coś łączy z Nickiem? – bezpośrednie pytanie Jessiki trochę mnie zawstydziło. – Pytam, gdy go nie ma, bo on wykręciłby się od odpowiedzi, nie lubi, gdy ktoś pyta o jego prywatne sprawy. Ty nam może powiesz, jak jest naprawdę. – Ma dziecinny styl bycia, ale to dodaje jej uroku.

– Na razie jesteśmy tylko przyjaciółmi, widzimy się dopiero trzeci raz, ale na pewno jeszcze się spotkamy, to miły chłopak, polubiliśmy się. – Wraca Nick, a Jessica odwraca głowę i udaje, że niby nic się nie stało. Wygląda to komicznie, Nick nie dopytuje, o co chodzi, tylko się z niej śmieje.

Wieczór mija szybko w miłej atmosferze pełnej śmiechu i przyjacielskich docinek, czuję się tu dobrze, mimo że to coś innego niż towarzystwo, w którym ja się obracam – tam panuje raczej sztywna etykieta. Wychodzimy z pubu sami z Nickiem, reszta towarzystwa jeszcze zostaje.

– Jak ci się podobał wieczór?

– Było w porządku, masz miłych znajomych. Megan chyba mnie nie polubiła, ale to zrozumiałe, bo się w tobie podkochuje.

– Nie przejmuj się nią, ona mało kogo lubi. Spotkałem się z nią raz i za dużo się spodziewała po tym spotkaniu, nic więcej z tego nie wyszło, mimo to się nie poddaje. Ale to kwestia czasu, aż mnie też przestanie lubić. Chcę ci też podziękować za to, że nie powiedziałaś całej prawdy na temat swojej pracy.

– Nie ma za co, widziałam, że tego nie chcesz, więc nie mówiłam więcej, niż musiałam, ale jesteś mi za to coś winny. Powiedz coś więcej o sobie, byłeś z jakąś dziewczyną na poważnie?

– Na razie nie chcę, żeby wiedzieli, bo to nie jest fajna sytuacja, nie jest fajne, że pochodzimy z dwóch różnych światów. Każdy będzie mówił, że spotykam się z tobą z wiadomych powodów... Tak, miałem kiedyś dziewczynę, na której mi naprawdę zależało, chciałem, żeby została moją żoną i urodziła mi syna, zrobiłbym dla niej wszystko. Okazało się to jednostronne uczucie, bo po trzech latach zostawiła mnie dla starszego o siedem lat, bogatego faceta i zrobiła to z dnia na dzień, nawet się nad tym nie zastanawiając. Teraz jestem mądrzejszy, wprowadziłem sobie zasadę jednego spotkania, żeby się nie angażować, może to głupia zasada, ale działa. Musisz wiedzieć, że nie lubię mówić o sobie, a tobie powiedziałem już całkiem sporo, mimo że w sumie znam cię parę godzin. – Nie lubię, gdy tak traci humor, widać, że go to nadal boli.

– A ja? Mnie też obowiązuje ta zasada?

– Nie, ciebie nie, gdyby tak było, nasze spotkanie przebiegałoby inaczej; jesteś bystra i na pewno byś się zorientowała, że po moim wyjściu w nocy nie masz co liczyć na kolejny raz. Uprzedzę twoje kolejne pytanie i od razu powiem, że nie wiem, dlaczego tak jest. Może to wyrzuty sumienia, że byłem taki niemiły dla ciebie, a może cię polubiłem, panno ciekawska – stara się zmienić temat swoim uwodzicielskim zachowaniem i świetnie mu to wychodzi.

Dochodzimy do samochodu, tym razem ja prowadzę, bo Nick wypił dwa piwa. Wcześniej jak gentelman spytał mnie, czy nie mam nic przeciwko. Zdziwiło mnie jego pytanie, ale ucieszyłam się, że liczy się z moim zdaniem i chce dobrze wypaść w moich oczach.

– Podasz mi adres, żebym wbiła go w nawigację, czy będziesz mi mówił, jak mam jechać?

– Poprowadzę cię, to pięć minut drogi stąd. Jedź cały czas prosto, na światłach w lewo i dalej prosto. Dlaczego się zgodziłaś ze mną spotkać?

– Bo mnie zaprosiłeś.

– Nieładnie, wiesz, o co mi chodzi. Ja byłem wyjątkowo szczery, liczę na to samo.

– Ok, niech będzie, pewnie chodzi ci o coś w stylu: „Dlaczego umówiłaś się z normalnym chłopakiem, kiedy możesz mieć każdego? Przecież ja jestem takim prostym, niegrzecznym marudą" – przedrzeźniam go, a co, niech wie, że nie tylko on tak może, a on śmieje się głośno i beztrosko jak mały chłopiec.

– Niegrzeczny, marudny – być może, ale z tym „może mieć każdego" lekko przesadziłaś – zmierzył mnie z góry do dołu, robiąc przy tym krzywą minę. – Za tym budynkiem w prawo.

Ok, skoro nie odpowiadasz, uznam, że zadziałał mój niewątpliwy urok osobisty i nie potrafiłaś powiedzieć „nie".

– Zadziałał, dobrze się czuję w twoim towarzystwie i zapragnęłam więcej tego stanu, uznałam, że jest mi to potrzebne. Ale nie powiem, twoje obietnice najlepszego kebabu też zadziałały, od lat nie jadłam kebabu.

– Zatrzymaj się przy tym odrapanym budynku, tu mieszkam, trochę tu inaczej niż u ciebie.

– Kiedyś też mieszkałam w podobnej okolicy i wcale nie wspominam tego tak najgorzej.

– Jesteś fajną dziewczyną, myliłem się co do ciebie. Dziękuję za miły wieczór, mnie też był taki potrzebny.

– Miło, że zmieniłeś o mnie zdanie, ja też dziękuję za dzisiaj.

– Dobranoc – pochyla się nade mną i całuje mnie w policzek, przez co moje serce wali jak oszalałe. Uśmiecha się do mnie słodko i… wychodzi? W sumie to bardzo dobrze, ale zaskakuje i bawi mnie ten chłopak. Dochodzi do drzwi wejściowych, odwraca się i macha mi na pożegnanie. Nie wierzę, że nadal tu stoję i się w niego wpatruję, powinnam od razu odjechać, czuję się jak idiotka. Jadę do domu i sama się sobie dziwię, że o nim myślę, o jego uśmiechu, oczach, idealnym ciele i sposobie bycia. Jest tak podobny do Ryana, a jednocześnie całkiem inny.

Wciąż nie mogę uwierzyć, że coś, co miało trwać wiecznie, tak nagle się skończyło. Jak ktoś, kogo tak dobrze znałam, mógł okazać się kimś całkowicie innym, kimś obcym, kogo w ogóle nie poznawałam? To nadal boli. Spoglądam na swoje dłonie zaciśnięte na kierownicy, podciągam rękawy i patrzę na rany na moich rękach. Tak właściwie to już nie rany, bo z większości zrobiły się blizny, jedne bardziej widoczne, inne mniej; po niektórych nie został żaden ślad, ale są też takie, które dopiero się goją. Każda z nich przypomina mi o tym, co przeszłam. Patrząc na nie, mogę dokładnie odwzorować to, co czułam w momencie ich powstawania. Może to głupie i egoistyczne myśleć „o tym, co przeszłam", ludzie przeżywają gorsze tragedie, są chorzy, głodni, spotyka ich śmierć bliskich, to są dopiero dramaty, a nie moje błahe, infantylne problemy. Tylko że dla mnie to jest coś najgorszego, nic innego mnie tak nie złamało. Wiele razy dawałam sobie radę z kryzysami w firmie, z porażkami i zawiedzionymi nadziejami, myślałam, że jestem silna. Wszystko zniosłam, ale nie to, to było dla mnie za wiele, poddałam się, nie potrafiłam i nie chciałam dać rady. Myślę, że każdy człowiek może indywidualnie przeżyć koniec świata, koniec własnego świata, to się dzieje codziennie, a mimo to życie toczy się dalej, świat nawet tego nie zauważy, bo dla każdego znaczy to co innego.

Dojeżdżam do domu, przebieram się w pidżamę i wchodzę do ciepłej, pachnącej pościeli. Maria znów zaczęła u mnie sprzątać, sprząta tez u Clarka, to on mi ją polecił, na pewno powiedział jej, że ma znów do mnie przychodzić. Przed snem nastawiam budzik na siódmą, bo jutro niedziela; chyba nie mam ochoty iść do kościoła i rozmawiać z tym księdzem, ale pójdę, bo zawsze staram się dotrzymywać słowa. Moje myśli jeszcze długo krążą wokół Ryana i przeszłości, przeszłości, która dała mi niezłą lekcję, muszę z niej wyciągnąć jak najwięcej. Odpuszczę sobie Nicka, przy nim zachowuję się jak nastolatka, a to nie jestem ja, ja jestem pewną siebie kobietą, która wie, czego chce, i nie śmieje się jak głupia do obcego chłopaka.

IX

Ze snu wyrywa mnie budzik, zamiast być zła, jak większość ludzi, na to bezduszne urządzenie, ja otwieram oczy i wyłączam go z uśmiechem. Dawno nie budził mnie ten dźwięk, cieszę się, że mam po co wstać, nie ma nic gorszego niż budzić się rano i nic nie musieć, nie mieć co ze sobą zrobić i nie być nikomu potrzebną. Pójdę do kościoła, udowodnię temu księdzu, że nie ma racji… Nick nie odezwał się od wczoraj, nie napisał, zresztą jak miałby to zrobić, skoro nawet nie wziął ode mnie numeru telefonu? Pieprzyć to, nie będę się przejmować jakimś facetem! Wchodzę pod prysznic, ciepła woda spływa po moim ciele, a ja wsłuchuję się w dźwięk spływających kropel, cudowny masaż dla ciała i ducha. Po dłuższej chwili zmuszam się, żeby wyjść, wycieram się i zastanawiam się, co włożyć. Wybieram rozkloszowaną spódnicę i obcisłą bluzkę z długim rękawem, do tego biżuteria, czarne botki i skórzana kurtka, która jest chyba moim ulubionym elementem garderoby.

O siódmej czterdzieści wychodzę z domu i pieszo idę do kościoła, pogoda jest piękna. Staję przed jego wielkimi drzwiami i znów mam problem z ich otwarciem. Gdy dostaję się do środka, robi mi się zimno. Jest tu dużo chłodniej niż na zewnątrz, mam gęsią skórkę i sama nie wiem, czy to tylko z powodu zimna, czy wpływ na to ma też miejsce, w którym się znajduję. W ostatniej ławce siedzi wpatrzony w ołtarz ksiądz, z którym się umówiłam, podchodzę i siadam obok niego. Zachowuję zbyt dużą odległość między nami, ale dzięki temu czuję się pewniej.

– Dzień dobry, czekałem na ciebie, nie chwaląc się, wiedziałem, że przyjdziesz – uśmiecha się do mnie życzliwie, to miły i poczciwy człowiek. Dopiero teraz mu się przyglądam i, o dziwo, stwierdzam, że jest przystojny. To mężczyzna około trzydziestu pięciu lat, o wyrazistych rysach twarzy. Ma ładne oczy i uśmiech, ale nie ładne w pociągający sposób, lecz w taki, jakby był moim starszym bratem lub ojcem.

– Sama do końca nie wiedziałam, czy tu przyjdę. Mogę już usłyszeć tę radę, która rozwiąże moje problemy?

– Mam na imię Daniel, a ty?

– Charlotte.

– Łatwiej nam będzie, gdy będziemy mogli sobie mówić po imieniu. Opowiedz mi coś o sobie.

– Słucham? Co mam o sobie opowiedzieć? Miał mi ksiądz dać jakąś trafioną radę.

Patrzy na mnie, jakby mówił: „Wszystko wiem, wszystko rozumiem".

– Daniel, mów mi po imieniu. Opowiedz, skąd pochodzisz, co robiłaś w życiu, czym się teraz zajmujesz, czy masz męża? Chyba że poddajesz się walkowerem, bo moja złota rada jest właśnie w formie szczerej rozmowy.

– Nie pochodzę z Londynu, przyjechałam tu na studia, a po nich z pomocą przyjaciela otworzyłam przedsiębiorstwo, które bardzo dobrze prosperuje. Miałam chłopaka, ale niedawno się rozstaliśmy.

– Wiesz, dlaczego zostałem księdzem? Byłem typowym chłopcem biegającym za piłką i za dziewczynami. Miałem nawet jedną, na której mi bardzo zależało, ale się rozstaliśmy. Szukałem swojego miejsca na świecie, co, jak pewnie wiesz, nie jest łatwe. Miałem cudowną babcię, więc kiedy mnie poprosiła, czy nie pojechałbym z nią na pielgrzymkę, to mimo ogromnej niechęci powiedziałem tak. Odnalazłem tam Boga, nie będę opowiadać ci, jak do tego doszło, bo każdy odnajduje go w inny sposób i poprzez co innego. Zrozumiałem, że dobrze się stało i mimo że wiele razy narzekałem, że coś szło nie po mojej myśli, to z perspektywy czasu widzę w tym boską rękę. Bóg tak kierował moim losem, że nawet, gdy myślałem, że jest źle, On przez te według mnie złe sytuacje mi pomagał. Cieszę się, że pojechałem na tę pielgrzymkę i że nie jestem z tamtą dziewczyną, bo nie stworzyłbym z nią dobrej rodziny. W końcu czuję, że jestem tu, gdzie powinienem być. A ty, gdybyś nadal była z tym chłopakiem, stworzyłabyś z nim rodzinę na wzór świętej rodziny z Nazaretu? – Słucham jego monologu wpatrzona w świece, które palą się na ołtarzu, i nie rozumiem, po co on mi opowiada takie rzeczy o sobie. Może po prostu musi się komuś wygadać, nie ma przyjaciół, a na psychologa go nie stać.

– Pomyślmy… Czy bylibyśmy małżeństwem z dzieckiem, które nie byłoby dzieckiem mojego męża, ale wmawiałabym mu, że nie jest to spowodowane zdradzą, tylko to jest dziecko Ducha Świętego? Rodziną, której nikt nie lubi, bo gadają głupoty i mówią, że ich dziecko jest najlepsze, najmądrzejsze i tak w ogóle to jest Bogiem? Niestety, my nie bylibyśmy taką rodziną.

– Rozumiem, wy bylibyście bezdzietnym, zapracowanym małżeństwem, które nie spędzałoby prawie w ogóle czasu razem, małżeństwem, które by się nie znało, ale na pierwszy rzut oka wyglądałoby na idealne. Pewnego dnia usiadłabyś sama w swoim za dużym domu i uświadomiła sobie, że nie jesteś szczęśliwa, że czegoś ci brakuje w życiu, że mąż już się tobą nie interesuje, pewnie ma kochankę. Że chciałabyś być gdzie indziej, że nikomu nie jesteś potrzebna, bo jesteś egoistką, nie robisz nic dla nikogo. Kiedy zrobiłaś coś dla kogoś, kiedy komuś pomogłaś? – mimo że go prowokuję, nie zmienia swojego nastawienia do mnie, jego pobłażliwy uśmiech i ciepły ton pozostają wciąż takie same.

– Ostatnio na przykład nie zwolniłam całego zarządu za to, że chcieli przejąć możliwość podejmowania decyzji, gdy ja chorowałam.

– Bardzo szlachetnie. A dlaczego w ogóle weszłaś do kościoła, skoro wszystko, co masz, zawdzięczasz tylko sobie, nie wierzysz w Boga i nie jest ci ta wiara potrzebna do niczego? Pamiętaj, że w tej rozmowie ważna jest szczerość. – Nawet gdybym miała coś zmyślić, nie wiedziałabym co.

– Bo obiecałam to Bogu, obiecałam, że jeżeli mi pomoże, to tutaj przyjdę.

– A w czym ci pomógł?

– Zostałam napadnięta w nocy w ciemnym zaułku, gdzie nie było nikogo, kto by chciał mi pomóc, moje prośby i groźby nie działały na napastnika, więc zaczęłam w myślach prosić Boga o pomoc. Nagle jakiś pan uderzył czymś mojego oprawcę w głowę, on upadł, a ja uciekłam. Nie wiem, po co ten ktoś to zrobił, nie jestem przekonana, czy jego intencje były szczere, może sam chciał dokończyć to, w czym przeszkodził tamtemu. Na pewno też nie jest to zasługa Boga, to zbieg okoliczności, ale cieszyłam się, że tak się stało, poza tym ja dotrzymuję danego słowa, więc jestem tu.

– Nie wiesz, kto ci pomógł? Nie chciałaś mu podziękować lub jakoś się odwdzięczyć?

– Nie, bo tak jak mówiłam, nie wiem, czy faktycznie chciał mi pomóc, a zresztą nie wiem, kim on jest, bo uciekłam.

– A nie starałaś się go znaleźć albo w zamian za to, że ktoś zrobił dla ciebie bezinteresownie coś dobrego, nie chciałaś też dla kogoś zrobić czegoś miłego? – Jest mi głupio, może ten ksiądz ma rację, a może to tylko przez to, że teraz już nie patrzymy na ołtarz, tylko na siebie, i siedzimy skierowani w swoją stronę. On mnie nie ocenia, raczej podpowiada, jego ojcowski uśmiech nie znika, gdy dowiaduje się, jaką jestem osobą. Ojcowski... Tak bardzo mi brakuje mojego taty.

– Nie, nie przyszło mi to do głowy – mój głos pokornieje, chciałabym już stąd wyjść, nie jestem przyzwyczajona do takich uczuć, ale jednocześnie czuję się tu bezpiecznie.

– Zostaniesz na mszy? Zaraz się zaczyna, a ja muszę się do niej przygotować.

– Zostanę.

– Jeżeli kiedyś będziesz chciała ze mną jeszcze porozmawiać, to zapraszam w każdej chwili. Jesteś dobrą dziewczyną, tylko zagubioną, Bóg najbardziej cieszy się z takich owieczek i cierpliwie na nie czeka. Nie daj sobie wmówić, że jest inaczej – kładzie mi rękę na ramieniu, uśmiecha się i patrzy tym swoim wszystkowiedzącym, rozumiejącym wzrokiem.

Wstaje i odchodzi, dopiero teraz rozglądam się po kościele i widzę, że zebrało się tu już kilkanaście osób i co chwilę wchodzą następne. Patrzę na zegarek, jest ósma pięćdziesiąt pięć. Czuję, że powinnam tu zostać, posuwam się na sam brzeg, a moja ławka szybko się zapełnia. Obok mnie siada starszy pan, widać, że jest schorowany, porusza się powoli i z trudem, mimo to on też obdarza mnie szczerym uśmiechem, który odwzajemniam.

Rozpoczyna się msza, prowadzi ją znany mi ksiądz, naprawdę słucham i myślę o tym, co on mówi. Czyta i mówi w kazaniu na temat tego, że powinniśmy być „solą tej ziemi i światłem świata". Mówi o pomaganiu innym, wskazywaniu im drogi i byciu przykładem. Daje mi to wiele do myślenia. Mam tak dużo, więc dlaczego by się tym nie podzielić ze światem?

Po mszy wychodzę szybko z kościoła i nie wiem, co ze sobą zrobić, targają mną sprzeczne uczucia. Podjeżdżam do centrum, spacer będzie najlepszym wyborem. Przechadzam się po pięknym Londynie, zawsze podobało mi się to miasto, piękne i zatłoczone. Tłumy turystów i miejscowych, którzy jak zawsze gdzieś się spieszą, a ja chodzę i to wszystko obserwuję. Patrzę i tym razem widzę. Obok dobrze ubranych, rozmawiających przez telefony i robiących zdjęcia ludzi są też ludzie innego typu – biedota i żebracy. Nikt nie zwraca na nich uwagi, ale w ogóle mnie to nie dziwi, bo ja dawniej nawet ich nie dostrzegałam. Ciekawe, co takiego się wydarzyło w ich życiu, że tak ono wygląda, bo na pewno żaden z nich tego nie chciał. Pod sklepem spożywczym siedzi staruszek z dużą torbą – pewnie to wszystko, co posiada. Wchodzę do tego sklepu i ładuję pełen koszyk jedzenia, wyszły tego dwie reklamówki. Wychodzę i bez słowa podaję je mężczyźnie razem z pięćdziesięcioma funtami, które wciskam mu do ręki. Ma łzy w oczach, na jego twarzy pojawia się uśmiech wdzięczności, też nic nie mówi, tu nie są potrzebne słowa. Zauważam że na szyi ma różaniec. Jak może wierzyć w Boga, gdy jego życie tak wygląda? Odchodzę, a gdy odwracam się, żeby zobaczyć, co ten człowiek robi, on wstaje i dokądś idzie. Zżera mnie ciekawość, co ma zamiar zrobić, więc potajemnie idę za nim. Nie idzie daleko, wchodzi w jakąś bramę, gdzie jest więcej bezdomnych, podchodzi do nich i coś mówi, nie słyszę co. Wszyscy razem zaczynają otwierać torby i jedzą, na twarzy każdego z nich widać radość. Teraz to ja mam łzy w oczach. Odwracam się I Idę w stronę domu, starając się wyłączyć i już o niczym nie myśleć.

Wjeżdżam windą do góry, a pod moimi drzwiami siedzi Nick.

– Cześć – jestem zaskoczona, że go tu widzę, ale nie daję tego po sobie poznać.

– Cześć, ślicznie wyglądasz, więc powiedzmy, że warto było czekać tylko po to, żeby wziąć od ciebie numer telefonu.

– A nie prościej było to zrobić wczoraj wieczorem? – otwieram drzwi i wchodzimy do środka. – Usiądź, napijesz się czegoś?

– Wody. Pewnie prościej, ale onieśmielasz mnie i zapomniałem.

– Nie wyglądałeś na zawstydzonego, wręcz przeciwnie – biorę dwie butelki wody i siadam naprzeciwko niego przy barze, tak samo jak za pierwszym razem, gdy siedzieliśmy tu przy herbacie.

– Dobrze się maskuję. To jak, wpiszesz mi swój numer? – z uśmiechem podaje mi swój telefon, biorę go i wpisuję numer. – Dziękuję bardzo.

– Nie ma za co. Długo czekałeś?

– Od dziesiątej, a jest siedemnasta, więc siedem godzin.

– Już siedemnasta? Nie wiedziałam, że tak długo chodziłam, szybko mi minął dzisiejszy dzień.

– Mnie się trochę dłużył, ale za to poznałem wszystkie funkcje swojego telefonu – jak zwykle mnie rozśmiesza, ciekawe, czy robi to specjalnie, czy on po prostu tak ma. – Niestety muszę już iść, bo obiecałem siostrze, że zjem z nią kolację, mamy poważnie porozmawiać na temat przyszłości. Już się boję, że powie mi, że nie chce studiować, chce być tylko kelnerką i jest w ciąży z wytatuowanym kolesiem imieniem Bart. Ale może akurat wymyśliła coś rozsądniejszego.

– Skoro ma te same geny co ty, to o rozsądek bym jej nie posądzała.

– Bardzo śmieszne. Dziękuję za towarzystwo, numer i wodę, może do ciebie napiszę – pochyla się nade mną i tak jak wczoraj całuje w policzek, po czym wychodzi z uśmiechem. Arogancki, pewny siebie, przystojny i zabawny, to bardzo pociągająca kombinacja.

Biorę długą kąpiel ze świecami i olejkami, ubieram pidżamę i siadam z kubkiem gorącej herbaty na mojej kanapie z widokiem na Londyn. Przypomina mi się moja wizyta w kościele. Gdy dziś tak naprawdę uczestniczyłam w tej mszy, a nie tylko na niej fizycznie byłam, coś poczułam, zaczęłam w to wszystko wierzyć. Miałam gęsią skórkę i czułam, jakby każde słowo było kierowane do mnie, każde pasowało do mojej sytuacji. Może to właśnie jest fenomen Biblii, że każdy może czuć, że Pismo Święte mówi właśnie do niego. Rozmowa z księdzem też dała mi dużo do myślenia, cieszę się, że kupiłam jedzenie temu bezdomnemu, to niesamowite, że podzielił się nim z innymi potrzebującymi, ja bym chyba tak nie zrobiła. Gdy widziałam łzy w jego oczach i radość na ich twarzach, i to tylko dlatego, że mogli zaspokoić głód… Przecież nikt nie powinien być nigdy głodny. Kiedyś pomyślałabym, żeby poszli do pracy, że każdy jest kowalem swojego losu, ale przecież nie znam ich historii, może się myliłam, może każdy potrzebuje czasem czyjejś pomocy. Dziś poczułam się potrzebna i szczęśliwa, nie tylko ja im coś ofiarowałam. Nie lubię myśleć o tak poważnych sprawach, wolę żyć beztrosko, martwić się tylko o siebie, ale może to nie o to chodzi w życiu. Zrobiłam coś dobrego dla tego człowieka, a on zrobił coś dla innych, to jest jak efekt domino, czynisz dla kogoś coś miłego, a on odwdzięcza się i też robi coś dobrego, tylko dla kogoś innego. Tak właśnie sprawia się, że świat jest lepszym, piękniejszym miejscem.

X

Dzień szybko minął na spotkaniach, ignorowaniu ciekawskich spojrzeń i durnych plotek, zapoznawaniu się z obecną sytuacją firmy i aktualnie prowadzonymi projektami. Clark świetnie sobie poradził, stan firmy jest wzorowy. Wysłałam go na przymusowy tygodniowy urlop, gdy mnie nie było, pracował dwa razy więcej, więc odpoczynek na pewno mu się przyda. Ktoś puka do drzwi mojego gabinetu i nie czekając, na zaproszenie, wchodzi.

– Dzień dobry, pani prezes. – To Mark, mój kolega ze studiów, jego tata jest dyrektorem Mercedesa w Londynie, a Mark pracuje z nim i kiedyś przejmie jego stanowisko. Za czasów uczelnianych nie byliśmy zbyt blisko, był „za fajny", jednak zmieniło się to, gdy zaczęliśmy się obracać w tym samym towarzystwie, później nawet się polubiliśmy. To dobry, ambitny i przystojny chłopak.

– Cześć, co tam słychać, dawno się nie widzieliśmy, co cię do mnie sprowadza?

– Przepraszam, że tak bez zapowiedzi, mam duże szczęście, że cię zastałem. Przychodziłem też wcześniej parę razy, ale byłaś na urlopie. A sprowadzają mnie interesy, bo gdzie indziej mam kupić lokal, jak nie tu? – podchodzi do mnie, przytula mnie i całuje w policzek.

– Proszę, usiądź.

– A może wyjdziemy gdzieś poza firmę i porozmawiamy o tym przy kawie?

– Nie bardzo mogę, mam trochę zaległości do nadrobienia.

– O tej godzinie? Chodź, jutro też jest dzień – bierze mnie za rękę i delikatnie ciągnie w stronę drzwi.

– No dobrze, poczekaj, wezmę rzeczy. – Wychodzimy z gabinetu, podchodzę jeszcze do mojej sekretarki i biorę jutrzejszy grafik. Idziemy do kawiarni naprzeciwko, siadamy przy oknie i zamawiamy kawę i herbatę.

– Jak było na urlopie, wyjechałaś gdzieś? Media rozpisywały się o twoim rozstaniu z Ryanem.

– Nie, byłam w domu, trochę kręciłam się po okolicy, miałam czas na odpoczynek i przemyślenie paru rzeczy. Media szukają sensacji tam, gdzie jej nie ma, przecież wiesz, jak to działa i ile w tym wszystkim jest prawdy.

– Więc jaka jest prawda? Mówiłaś, że jesteście dla siebie stworzeni, kiedyś wybrałaś jego, a nie mnie. – Kelnerka przynosi nam nasze zamówienie. Mimo że nie lubię kawy, to uwielbiam jej zapach.

– Gdy ty zacząłeś się o mnie starać, już od dwóch lat byłam z Ryanem, nie powinno cię dziwić, że nie zostawiłam go i nie rzuciłam się w twoje ramiona, a prawdę o naszym związku i rozstaniu zachowam dla siebie. To jakiego lokalu szukasz, masz już jakieś wyobrażenie? – uśmiecham się i zmieniam temat.

– Na pewno dużego i w centrum, nadającego się pod biuro, chcę otworzyć coś swojego. Mam dobry pomysł na biznes, mój tata w to zainwestuje… – I tak po jakichś dwudziestu minutach słuchania o nim, jego interesach i o tym, że dojdzie do czegoś sam, dopijam swoją herbatę i zamierzam już stąd iść.

– Mam nadzieję, że ci się uda, masz duże szanse. Niestety muszę już iść, ale jeśli chodzi o budynek, zadzwoń do mojej sekretarki, proszę, tu masz numer, i umów się na oglądanie, na pewno mamy coś, co będzie ci odpowiadać.

– Dzięki, też tak myślę, bo przecież chcieć to móc – uśmiecha się do mnie uwodzicielsko i dopija swoja kawę.

– Mogę cię o coś spytać? – zadaję mu nieśmiało pytanie

– Jasne – uśmiecha się do mnie jeszcze bardziej czarująco.

– Kiedy ostatnio zrobiłeś dla kogoś coś dobrego?

– Trochę dziwne pytanie, szczerze mówiąc, myślałem, że zapytasz o coś innego. Kiedy zrobiłem dla kogoś coś dobrego? Nie wiem, musiałbym się zastanowić, ale raczej nie jestem typem człowieka, który chodzi i pomaga biednym. Gdyby chcieli inaczej żyć, sami by sobie pomogli. Zresztą ty przecież myślisz tak samo jak ja, więc tym bardziej nie rozumiem twojego pytania.

– Ktoś mi je zadał i też nie potrafiłam na nie odpowiedzieć, dlatego spytałam. – Wstajemy i zbieramy się do wyjścia, Mark idzie zapłacić.

– Widzisz, jesteśmy tacy sami – mówi, podchodząc do mnie. – Ale szczerze, to myślałem, że chcesz spytać, czy umówię się z tobą. Wiedz, że moja odpowiedź byłaby „tak", więc jeśli kiedyś przyjdzie ci ochota zapytać, zrób to śmiało. Ja nie spytam, bo już raz dostałem kosza, drugi raz bym tego nie przeżył.

– Na razie nie mam ochoty się z nikim umawiać, ale będę pamiętać, dziękuję.

Wychodzimy z lokalu, a przed nim stoi jakiś chłopak z aparatem i robi nam zdjęcia. Zakrywam twarz, czyżby paparazzi znów zaczęli się mną interesować? Mark chwyta mnie za rękę i prowadzi za sobą w stronę mojego samochodu, żegna się przytuleniem i buziakiem w policzek. Jadę w stronę domu, jest godzina osiemnasta, z torebki słyszę dźwięk SMS-a, wyciągam telefon i czytam wiadomość od nieznanego numeru:

„Kino? Kolacja? Hmm… trochę banał, a może oglądanie filmu na mojej kanapie? Tak pewnie jeszcze nie spędziłaś drugiej randki?".

„A może nie banał, tylko klasyk? Ale pomysł z kanapą nie jest najgorszy, może nawet bym się na niego zgodziła? Masz rację, nikt wcześniej nie dobierał takich miejsc na randki jak Ty."

Uśmiecham się do telefonu, Nick, tak pewny siebie, że nawet się nie podpisał. Następny SMS, szybko odpisuje.

„Uznam to za komplement. Jutro o dziewiętnastej będę po Ciebie."

„Wiem, gdzie mieszkasz. To ja o dziewiętnastej będę u Ciebie."

„Świetnie."

Nie wierzę, że mi ustąpił, ale to dobrze, nie mogę pozwolić mu zawsze być górą. Mijam kościół obok mojego domu, ten, w którym byłam. Nigdy na niego nie spojrzałam, a teraz się zatrzymuję. Siedzę w samochodzie i zastanawiam się, po co tu stanęłam. Czy chcę wejść i jeśli tak, to po co? Coś w środku mówi, żebym tam weszła, więc to robię. Znów męczę się z drzwiami i jak zwykle czuję powiew chłodnego powietrza, gęsia skóra tym razem się nie pojawiła, ale dziś bardziej niż ostatnio odczuwam świętość i dostojność tego miejsca. W tej ławce co zwykle siedzi znany mi już ksiądz, dosiadam się do niego.

– Widzę, że to księdza ulubiona ławka.

– W ostatnich ławkach zawsze siadają zgubione owieczki, a ja lubię z nimi przebywać. Widzę, że wróciłaś, spodobało ci się tu, czy chcesz odebrać lub oddać nagrodę za wygraną w zakładzie?

– Wszystko po trochu, nie jestem pewna, czy przegrałam, czy wygrałam nasz zakład, więc może uznajmy, że jest remis? – Patrzy na mnie dumny z siebie i rozbawiony, a jego twarz jak zawsze zdobi ojcowski uśmiech.

– Może być remis. Może chcesz o czymś pogadać? Wydarzyło się coś w twoim życiu od naszej ostatniej rozmowy?

– Wzięłam sobie do serca księdza słowa i gdy w centrum zobaczyłam biedaka, kupiłam mu dużo jedzenia. I wie ksiądz, co on zrobił? Podzielił się nim z innymi biednymi! Czułam się świetnie, dostając w zamian tylko wdzięczność i łzy w jego oczach. Ale to nie jestem ja, dziś nawet potwierdził to kolega, który zna mnie od dawna.

– Nie pozwól, żeby ludzi mówili ci, kim jesteś. Sama o tym decyduj. W każdej chwili możesz zacząć żyć inaczej. Sprawiłaś, że ten człowiek nie był głodny, być może dzięki tobie odzyskał wiarę lub nawet nie umarł z głodu. Zbliżyłaś się przez to do Boga.

– Być może tak, bo od niedawna czuję, że znamy się bardziej niż kiedykolwiek.

– Więc porozmawiaj z nim, poproś go, żeby ci pomógł odnaleźć szczęście i prawdziwą siebie, przyznaj, że nie jesteś samowystarczalna. Może zaproponuj mu, że jeżeli ci pomoże, ty w zamian zrobisz coś dla niego.

– To chyba nie przejdzie, bo już tak zrobiłam. Błagałam go, żeby pozwolił mi wyjechać na studia, co nie było łatwe, bo nie było mnie na to stać, miałam małe szanse, żeby się dostać na uczelnię, i znikąd wsparcia. Wręcz przeciwnie, słyszałam: „po co ci to, nie nadajesz się". Jednak się udało, jak w układance krok po kroku działo się coś, co mi to umożliwiło. Nawet nie pamiętam, co mu za to obiecałam, ale nie dotrzymałam słowa. – Zaczyna się śmiać.

– Wiesz, co jest najlepsze w Bogu? On wiedział, że nie dotrzymasz słowa, a mimo to ci pomógł, bo chciał, żebyś w niego uwierzyła. A jeszcze lepsze jest to, że zrobiłby to kolejny raz. I mów mi po imieniu, chyba pamiętasz, że mam na imię Daniel.

– Tak, pamiętam.

– Muszę już iść, Charlotte, ale pamiętaj, że zawsze chętnie z tobą porozmawiam i możesz przychodzić tu, kiedy tylko masz ochotę.

Znowu znika za drzwiami prowadzącymi do zakrystii, zostawiając mnie siedzącą samą i wpatrującą się w ołtarz, w Jezusa stojącego w białej szacie z otwartymi ramionami i w obraz Matki Bożej trzymającej dzieciątko na rękach. Kościół jest pusty. Dlaczego dopiero od niedawna czuję tę świętość, która bije z tego miejsca? Niemożliwe, żeby nie było czegoś takiego jak Bóg, wtedy bym się tak nie czuła, Pismo Święte by tak do mnie nie trafiało.

Jezu, czy Ty naprawdę poświęciłeś swoje całe życie dla nas? Ja nawet jednego dnia nie chcę poświęcać dla nikogo. Czy da coś to, że się zmienię? Pamiętam, jak babcia mówiła mi, że zawierzając Tobie, podejmujemy lepsze decyzje, bo uwzględniamy w nich Twoje przykazania. Może spróbuję się zmienić, nic nie stracę, najwyżej się nie uda, wtedy uznam to za głupotę i będę żyć po swojemu. Głupio mi już Ciebie o cokolwiek prosić, ale jeśli chcesz, żebym się zmieniła, pomóż mi, dawaj mi czasem jakieś znaki, że dobrze robię.

Wychodzę z kościoła pełna pozytywnej energii, nie chcę wracać do domu. Wchodzę do samochodu, znajduję telefon i piszę SMS do Nicka.

„Lubisz pomagać innym? Chciałbyś zrobić coś fajnego teraz?"

Szybko dostaję odpowiedź.

„Nie wiem, co masz na myśli, ale tak, jeśli ktoś potrzebuje pomocy, chętnie mu jej udzielam. Coś fajnego? Z Tobą, i to związanego z pomaganiem? Jakiś event dobroczynny robiony pod media?"

„Okrutny człowieku, jestem skłonna wybaczyć Ci Twój sarkazm, uznając, że to wrodzona cecha. Kiedy będziesz wolny?"

Już wyobrażam sobie jego uśmiech, gdy przeczytał tego SMS-a. Piszę do prawie obcego chłopaka, ale to dlatego, że tak naprawdę nie mam innej osoby, do której mogłabym napisać. Nikt inny, kogo znam, nie zgodziłby się na pomysł, który przyszedł mi do głowy.

„Za pół godziny kończę pracę w restauracji, wyrozumiała dziewczyno."

„Więc będę czekać na Ciebie za pół godziny pod restauracją."

Wsiadam w samochód i powoli, nie spiesząc się, jadę pod restaurację. Dojeżdżam parę minut przed czasem. Rozglądam się i widzę, że każdy przechodzień na mnie patrzy, a raczej na mój samochód. Teraz tutaj nie pasuję, a w czasach studenckich przebywałam tu niemal codziennie. Wychodzi uśmiechnięty Nick, ubrany w jeansy i szarą bluzę z kapturem zakładaną przez głowę, ma w sobie „to coś", czego nie da się nazwać. Wysiadam z samochodu, a on podchodzi do mnie, przytula i całuje w policzek.

– Cześć, dziewczyno.

– Cześć, chłopaku. – Z restauracji wychodzi jego kolega, który pewnie też skończył pracę.

– Hej, Nick, widzę że zmieniłeś samochód, ale chyba nie rzucisz pracy? – śmieje się i krzyczy do niego, odchodząc.

– Nie, od jutra tym rozwożę jedzenie – odkrzykuje Nick i obraca się w moją stronę. – Więc co fajnego będziemy robić? – uśmiecha się do mnie dwuznacznie.

– Nie to, co myślisz.

– A co ja myślę? Że niby my razem coś? To ty masz jakieś zbereźne myśli, ja nie jestem taki łatwy – puszcza mi oczko. Uwielbiam, gdy to robi. Mimo że oboje się śmiejemy i wiem, że żartuje, to i tak mnie tym zawstydza, tak dawno nie spałam z żadnym chłopakiem.

– Nie wątpię. Ostatnio ktoś namówił mnie, żebym zrobiła coś dobrego dla kogoś potrzebującego, i zrobiłam. Poczułam się po tym dobrze, byłam komuś potrzebna i zapragnęłam dziś też zrobić coś takiego, mimo że to nie w moim stylu. I pomyślałam, że może chciałbyś ze mną? Wiem, to może być dziwne, tym bardziej że nie znamy się długo i powinnam zaproponować to jakimś swoim znajomym, ale oni nie byliby zainteresowani, bo to nie jest medialne wydarzenie.

– Bardzo dobrze, że wiesz, że robienie czegoś tylko na pokaz nie ma wartości. Chodź, spróbujemy, tylko może wybierzmy się pieszo, nie twoim samochodem – patrzy na mnie i się śmieje.

– Czy ty śmiejesz się ze mnie, niegrzeczny chłopaku?

– Nie, raczej uśmiecham się do ciebie, jesteś zabawna i robisz fajną minę, gdy sobie z ciebie żartuję. – Idziemy przed siebie i żadne z nas nie wie dokąd.

– A nie uważasz, że mój pomysł jest trochę niemądry i taki… no nie wiem, wymuszony?

– Nie uważam tak, ale jeśli chcesz pomagać innym, musisz najpierw pomóc sobie. Gdy byłem mały, mama powiedziała mi, że zawsze muszę wybaczać, nie mogę kryć w sobie nienawiści, bo to niszczy mnie, a nie osobę, której nienawidzę. Wiem, że łatwo się tak mówi, sam długo nie potrafiłem tego zrobić, ale gdy już mi się udało, poczułem się wolny i szczęśliwy. Nie chodzi tu o przyjaźń z tą osobą ani nawet o spotkanie i deklarację, że się wybaczyło, tylko o prawdziwe wybaczenie przed samym sobą, w sercu. Fakt, nadal nie opanowałem sztuki niecieszenia się z niepowodzeń „wrogów", bo gdy dowiedziałem się, że moją byłą jej starszy, bogaty facet zostawił dla młodszej, co jest już w sumie pedofilią, czułem nieopanowaną satysfakcję. Ale wiesz, nikt nie jest idealny.

– Dziękuję za radę i za to, że poprawiasz mi humor swoją obecnością, zły człowieku. – Wchodzimy do jednego z dużych sieciowych supermarketów. – Dlaczego przyszliśmy akurat tutaj?

– Bo pomagać można wszędzie.

Chwyta moją dłoń i prowadzi mnie za sobą, powoli chodzimy po sklepie i obserwujemy ludzi, a ja nie mogę skupić się na niczym innym niż nasze dłonie. Czuję, jak na moich policzkach pojawiają się wypieki. Oj, Nick, działasz na mnie w wyjątkowy sposób. Staje i patrzy na chłopca z matką, przestaję myśleć o jego dłoni i też patrzę na rozmowę kobiety z siedmioletnim synem, która ma miejsce pięć metrów od nas.

– Synku, przecież rozmawialiśmy, że nie mamy pieniążków na to, dostaniesz tę zabawkę za dwa miesiące, jak będziesz miał urodziny, babcia i mama wtedy ci ją kupią.

– Wiem, mamo, ale szkoda, że dziś nie mam urodzin, bo wszyscy już takie mają i bawią się nimi na prżerwie. A czy mogę się chociaż nią pobawić teraz?

– Oczywiście, że możesz, przyjdę po ciebie, gdy skończę robić zakupy. – Nick puszcza moją rękę, podchodzi do półki i bierze taką samą zabawkę jak ta, którą bawi się chłopiec; znów chwyta moją rękę i ciągnie mnie w stronę kasy. Płaci dwadzieścia funtów za plastikowego robota i idziemy z powrotem do chłopca – siedzi w tym samym miejscu i się bawi. Kucamy obok niego.

– Cześć, jestem Nick, a to jest Charlotte. A ty jak masz na imię?

– Adam.

– Jak się masz, Adam, bawisz się robotem?

– No, to Roboman, ma tu działka i umie się bić, może pokonać wszystkich bandytów. Dostanę takiego na moje urodziny, teraz mogę się pobawić tylko, bo mama na razie nie ma pieniążków. Każdy takiego ma, a w szkole bawią się nimi na przerwach – pokazuje i opowiada z iskierkami w oczach chłopiec.

– A może chciałbyś go już teraz, co? Proszę, to twoja zabawka, a tu masz paragon, żeby pokazać pani przy kasie. I coś jeszcze, daj te pieniążki swojej mamie, dobrze?

– Za darmo? Ale ja nie mogę tego wziąć, mama mi nie pozwoli – z radości nie umie usiedzieć na miejscu, jego oczy błyszczą ze szczęścia, a mi uśmiech nie schodzi z twarzy.

– Pewnie, że możesz, my już sobie pójdziemy i nawet jak mama nie pozwoli, to nie będziesz już miał komu tego oddać. W zamian za to bądź miły dla kolegów i koleżanek w szkole i broń tych, z których się ktoś śmieje – mówię do niego, a on stoi przede mną i przebiera nogami.

– Dobrze, obiecuję, mogę iść pokazać go mamie?

– Tak, biegnij, tylko nie zgub pieniążków ani paragonu – Nick zaciska w jego małej rączce papierki. Chłopiec rzuca się mu na szyję, zaraz potem mnie i biegnie przez sklep w poszukiwaniu mamy.

– Dziękuję, obiecuję, że nie zgubię – krzyczy już z daleka.

– Chodźmy – Nick znów chwyta moją dłoń i delikatnie ciągnie za sobą w stronę wyjścia. Wychodzimy ze sklepu i spacerujemy, ciągle trzymając się za ręce.

– Jesteś inny niż wszyscy mężczyźni, których znam.

– Uznam to za komplement.

– Bo to był komplement, dla tego dzieciaka to, co zrobiłeś, wiele znaczyło.

– Dzięki tobie, przecież to był twój pomysł. Widzisz, pomagać możemy na każdym kroku, w małych sprawach i w dużych, to może być fajny sposób na spędzanie czasu, gdy nie ma co robić. Nudno mi – ok, więc chodź, zrobimy coś dobrego. – Przechodzimy obok żebrzącej starszej kobiety, wyciągam z torebki dziesięć funtów i wrzucam je do jej kubeczka. Kobieta podnosi wzrok, spogląda na mnie i mówi „dziękuję".

– Wiesz, tak sobie myślę, że nawet jeśli ona to wyda na alkohol, to nic, dla mnie te pieniądze niewiele znaczą, a przecież jest szansa, że ona ich naprawdę potrzebuje. Nieważne, co z nimi zrobi, jej dzień przez to na pewno stał się lepszy. – Wracamy pod restaurację, gdzie pracuje Nick, i podchodzimy do mojego samochodu.

– Muszę przyznać, że myliłem się co do ciebie, na początku sprawiałaś wrażenie zupełnie innej. Rzadko moja intuicja mnie zawodzi w podobnych kwestiach, ale ty jesteś dużym wyjątkiem. Pójdę już, jutro jesteśmy umówieni na film?

– Tak. Mogę cię podwieźć, gdzie chcesz.

– Nie, dziękuję, jestem tu niedaleko umówiony z kolegą. Odezwę się jutro.

– Dobrze, więc do zobaczenia – odwracam się, żeby wsiąść do samochodu, Nick stoi za mną, nagle ujmuje mnie za ramię i delikatnie przyciąga do siebie tak, że nasze twarze znajdują się parę centymetrów od siebie, stoimy przytuleni, a mnie brakuje oddechu. Nie wiem, ile czasu tak stoimy i patrzymy sobie w oczy, Nick powoli zbliża swoje usta do moich i mnie całuje. Wkłada język do mojej buzi, a ja odwzajemniam pocałunek. Nick jest delikatny i pewny siebie. Jego usta są ciepłe i miękkie. Przestaje mnie całować i znów patrzy mi w oczy z szelmowskim uśmiechem.

– Jedź ostrożnie.

– Postaram się.

Puszcza mi oczko, całuje w policzek i odchodzi. Wsiadam do samochodu i z wypiekami na twarzy jadę do domu. Całuje idealnie, zresztą cały jest idealny, to jest zbyt piękne, na pewno musi być z nim coś nie tak.

XI

Budzę się jeszcze przed budzikiem, myślę nad wczorajszym dniem, czy to wszystko jest mi potrzebne? Dopiero co serce przestało mnie boleć, a ja znowu je narażam dla kogoś, o kim nic nie wiem. Do tego ta cała sprawa z kościołem i pomaganiem na siłę, po co się tak wygłupiam? Ale te głupoty na pewno miały wpływ na to, że czuję się lepiej… Tę sprawę zostawię losowi, a może raczej Bogu. Przecież on podobno nie chce dla mnie źle i może nawet rozstanie z Ryanem było dla mojego dobra. Dzwoni budzik i bardzo dobrze, bo nie chcę już myśleć o niczym innym jak praca. Wstaję, ubieram się i jadę do biura.

– Dzień dobry, pani prezes – moja sekretarka Emily zawsze na mój widok podnosi się z miejsca i staje na baczność, chociaż nigdy od niej tego nie wymagałam.

– Dzień dobry, nie musisz wstawać na mój widok.

– Dobrze, pani prezes.

– I uśmiechnij się, bo ładniej wtedy wyglądasz.

Dzień mija równie szybko jak wczoraj, lubię to, co robię, więc pewnie dlatego mi się nie dłuży. Co jakiś czas patrzę na telefon, spodziewając się tam znaleźć SMS od Nicka, jest już prawie szesnasta, zaraz jadę do domu, a on nic nie napisał, mimo że wczoraj obiecał, że się odezwie. Niefajnie z jego strony, teraz już w ogóle nie wiem, jak mam traktować wczorajszy pocałunek. Trudno, ja do niego napiszę, przecież nie jesteśmy już dziećmi.

„Najpierw mnie całujesz, a potem się nie odzywasz? Trochę nieładnie z twojej strony, ale jestem w stanie po raz kolejny ci wybaczyć, jeśli się dziś postarasz i wybierzesz dobry film."

Przeglądam jeszcze grafik na jutro i pomału zbieram się do domu, a Nick nadal nic nie odpisał. Trochę mnie to martwi, może zapomniał telefonu? Zrobię mu niespodziankę i odwiedzę go w pracy, też niedługo powinien kończyć. Wychodzę z biura i jadę do restauracji, od razu poprawia mi się humor i uśmiecham się sama do siebie. Parkuję przed wejściem, jest za dziesięć piąta, mam nadzieję, że jeszcze nie wyszedł z pracy. Wchodzę i idę w stronę do kelnera, który stoi za barem, mierzy mnie od góry do dołu i uśmiecha się uprzejmie.

– Dzień dobry, zastałam może Nicka? Jestem jego znajomą i chciałabym się z nim zobaczyć.

– Tak, chyba jeszcze jest na zapleczu, zawołam go.

– Dziękuję – rozglądam się po sali, większość stolików jest zajęta. Przeglądam się w lustrze i widzę zadbaną dziewczynę z perfekcyjnym manikiurem, ubraną w markowe rzeczy. Wyróżniam się i nie pasuję tu, przez co czuję się trochę niepewnie. Z zaplecza wychodzi Nick, nie uśmiecha się do mnie, więc chyba coś jest nie tak.

– Cześć, co tu robisz? – Na pewno jest zły i mam wrażenie, jakby się mnie wstydził.

– Przyszłam do ciebie, chciałam porozmawiać.

– Więc chodź na zewnątrz, porozmawiamy. – Na zewnątrz? Dlaczego nie tutaj, przy stoliku? Na pewno się mnie wstydzi. Boże, zachowuję się jak idiotka, wstydzi się mnie jakiś dostawca. Wychodzimy na zewnątrz i siadamy na ławce. – Więc o czym chcesz porozmawiać?

– Mówiłeś, że się dziś odezwiesz, nie zrobiłeś tego, napisałam ci SMS, ale nie odpisałeś, więc pomyślałam, że może coś się stało albo zapomniałeś telefonu do pracy. Przyjechałam cię odwiedzić i spytać, czy dzisiejszy wieczór nadal aktualny.

– Tak, widziałem SMS, ale nie mogłem odpisać, bo jestem w pracy.

– Wczoraj też byłeś, a mimo to pisałeś do mnie.

– Ale dziś nie mogłem.

– Nie odpowiedziałeś, czy dzisiejsze plany są aktualne?

– Miałem do ciebie pisać, odwołać i przeprosić, bo coś mi wypadło.

– W porządku, zdarza się.

– Jeżeli to wszystko, o czym chciałaś pogadać, to już pójdę, mam dużo zajęć.

– Coś się stało? To chyba naiwne, ale po wczorajszym pocałunku twoje zachowanie może wydawać się trochę niestosowne. Nie zrozum mnie źle, nie chcę cię do niczego zmuszać ani nic sobie nie wyobrażam, ale widocznie naiwnie myślałam, że po nim między nami nic się nie zmieni, a już na pewno nie na gorsze.

– To jest nas dwoje naiwnych.

– Nie rozumiem.

– Też naiwnie myślałem, że skoro odwzajemniłaś pocałunek i skoro się ze mną spotykasz, to może będziesz całować i spotykać się w ten sposób tylko ze mną.

– Nick, co ty sobie wymyśliłeś?

– Pamiętasz chłopaka, który wczoraj pod restauracją spytał, czy rzucam pracę? Pracuje ze mną i przyniósł mi dziś poranną gazetę do pooglądania – z wewnętrznej kieszeni kurtki wyciąga zwiniętą w rulon gazetę, otwiera ją na stronie z chwytliwym tytułem „Pozbierała się po rozstaniu?", pod którym widnieje moje zdjęcia z Markiem, gdy trzyma mnie za rękę i gdy mnie całuje, zrobione pod takim kątem, że wygląda, jakby to nie był zwykły całus w policzek, tylko namiętny pocałunek w usta. – Ciekawe, kto był w tym przypadku bardziej naiwny.

– Nick, to nie jest tak, jak przedstawia to ten nie mający o czym pisać szmatławiec.

– Dobrze, że coś sprowadziło mnie na ziemię. Pojawiłaś się nagle, zmieniając mój sposób myślenia. Bez sensu, przecież my nawet nie możemy się przyjaźnić, do ciebie pasuje właśnie taki bogaty laluś, a nie ja. Śmieszny mezalians – nerwowo gestykuluje, wyjmuję mu gazetę z rąk, kładę obok, chwytam go za ręce i ściskam.

– Nick, poczekaj i posłuchaj, uparty, gadatliwy chłopaku. To jest Mark, mój kolega ze szkoły, a to było spotkanie biznesowo-prywatne, które nic nie znaczyło. Fakt, zdjęcia są zrobione pod takim kątem, że mogą wskazywać na coś innego, ale zapewniam cię, że to nie było nic więcej jak pocałunek w policzek na pożegnanie, a za rękę mnie złapał, żeby zabrać mnie szybko od tego fotografa. Jeżeli masz ochotę, zapoznam cię z nim i będziesz się mógł przekonać, że mówię prawdę, bo ja, odwrotnie niż ty, się ciebie nie wstydzę

– A ja się ciebie wstydzę?

– Wydaje mi się, że tak, byłeś speszony, gdy zobaczyłeś mnie w restauracji, i fakt, że rozmawiamy przed nią, a nie w środku, chyba o czymś świadczy. – Wybucha serdecznym śmiechem. – Cieszę się, że poprawiłam ci humor.

– Ja mam się wstydzić takiej dziewczyny jak ty? Jesteś piękna, mądra, zabawna i masz dobre serce, chociaż odnoszę wrażenie, że pokazujesz to tylko przy mnie. Fakt, może trochę mnie onieśmiela twój samochód, pieniądze i to, jak ludzie patrzą na nas i myślą: „Dlaczego taka fajna dziewczyna jest z nim?" albo „Na pewno chodzi mu tylko o jej pieniądze". Wkurza mnie, że pochodzimy z różnych grup społecznych, ale nie wstydzę się ciebie.

– Odniosłam inne wrażenie, już parę razy, ale powiedzmy, że ci wierzę.

– Udowodnić ci, że się mylisz? – pyta z błyskiem w oku i tajemniczym uśmiechem.

– Chętnie.

– Więc teraz cię pocałuję w obecności wszystkich moich znajomych z pracy, którzy nam się przyglądają przez szybę. – Nie zdążyłam nic powiedzieć, bo chwycił moją twarz w dłoń i znów całował mnie tak jak wczoraj. Nie, lepiej niż wczoraj, tak jakby jego ciepłe i delikatne usta i język mówiły: „Tęskniłem, bałem się, że cię stracę". Gdy przestaje, opieram swoją twarz o jego i oboje zaczynamy się śmiać. – Przepraszam, nie powinienem tak zareagować, możesz przecież robić, co tylko chcesz.

– Możliwe, że ja zareagowałabym podobnie – siadam prosto i patrzę w jego duże oczy. – Jestem trochę zdezorientowana, nie wiem, czego chcę ani czego mogę się spodziewać. Może zwolnijmy trochę i się poznajmy, nic o tobie nie wiem.

– Nie ma nic ciekawego, co mógłbym ci opowiedzieć.

– Więc chciałabym usłyszeć te wszystkie nudne rzeczy.

– Teraz?

– Nie teraz. Ty odwołałeś swoje dzisiejsze zaproszenie, więc ja zapraszam ciebie. Dziś o dziewiętnastej pyszna kawa i herbata na kanapie z ładnym widokiem, będziemy mieli okazję porozmawiać i wtedy możesz mi opowiedzieć o sobie.

– Charlotte, to było nieporozumienie, wolałbym oglądać film niż mówić o sobie.

– A ja nie, więc zrobisz, jak chcesz – możesz skorzystać z zaproszenia, ale nie musisz. Pójdę już.

Wstaję z ławki i z uśmiechem wsiadam do samochodu, Nick śmieje się do mnie, a ja odjeżdżam, tak, w końcu to ja ustalam zasady. Wchodzę do domu z nadzieją, że przyjedzie, biorę relaksujący prysznic i wkładam wygodne, domowe ubrania. Schodzę na dół, zapalam świeczki i lampki – uwielbiam taki klimat – a na kanapie lądują poduszki i koc.

Gdy idę w stronę kuchni, słyszę dzwonek do drzwi, spoglądam na zegar, jest osiemnasta trzydzieści pięć. Otwieram drzwi, a w nich stoi Nick z żółtymi różami w ręku.

– Przyszedłeś, i to nawet przed czasem, miło. Proszę, wejdź.

– Chciałem ci pokazać, że zależy mi na spotkaniach z tobą, despotyczna dziewczyno – mówi z ironicznym uśmiechem numer jeden. – A to dla ciebie, jeszcze raz chciałem przeprosić za swoje dzisiejsze głupie zachowanie – podaje mi róże, są śliczne i oryginalne, podobają mi się.

– Nie przejmuj się, to nieporozumienie, cieszę się, że przyszedłeś. Chodź do kuchni, wybierzesz, co chcesz do picia – wkładam róże do wazonu, Nick podchodzi do szafki i wybiera czarną herbatę i sok malinowy.

– Poproszę taką z sokiem – podaje mi ją z uśmiechem. Wstawiam wodę, wyciągam kubki i robię herbatę, a on mi się przygląda. Podaję mu herbatę i idziemy do pokoju. – Przytulnie i nastrojowo tu, chyba jednak nie zaproszę cię do siebie, nie przemyślałem tego.

– Ty podejmujesz jakieś pochopne decyzje, rozsądny chłopaku?

– Przy tobie mi się zdarza. Gdybym miał taki widok z okna, przesiadywałbym tu godzinami

– Czasami tak robię. To może opowiesz mi coś o sobie?

– Proszę cię, przecież jest tak miło, nie psujmy tego – uśmiecha się prosząco.

– Nie ma mowy, chcę cię poznać, bo cię lubię. Więc…? Może ci pomogę, powiedz, dlaczego to ty zajmujesz się siostrą? Gdzie są twoi rodzice?

– Mała, nie chcę mówić o sobie, nie lubię, po co chcesz wprowadzać atmosferę współczucia i litości?

– Chciałam tylko czegoś się o tobie dowiedzieć, ale skoro nie chcesz, nie będę cię zmuszać, możemy sobie posiedzieć i pomilczeć, patrząc na Londyn – odwracam głowę w stronę okna i udaję obrażoną, Nick patrzy na mnie i wybucha śmiechem.

– Wychowuję siostrę bo zostaliśmy sami. Ja miałem osiemnaście lat, a siostra trzynaście. Matka zawsze wolała swoich facetów niż nas, mamy różnych ojców i żadne z nas nie zna swojego, ja ojca siostry ledwo pamiętam, był z naszą matką może ze dwa lata. Pamiętam, że zachowywała się i robiła to, co oni chcieli. Oni pili i imprezowali – ona zostawiała nas samych w domu i biegała za nimi. Aż w końcu zniknęła, powiedziała nam, że wróci za tydzień, ale nie wróciła, szukaliśmy jej, dzwoniliśmy, nawet się martwiliśmy. Po miesiącu się odezwała, powiedziała, że nie wróci i nie może nas wziąć, bo jej facet nie lubi dzieci, że musi pomyśleć w końcu o sobie, a my już jesteśmy dorośli. Poszedłem do pracy i zadbałem o nas, ot, cała historia.

– Podziwiam cię, że w tak młodym wieku potrafiłeś tak odpowiedzialnie się zachować – kładę głowę na jego ramieniu i biorę go za rękę.

– Tylko nie chcę wiedzieć żadnej litości i współczucia! Wielu by się tak zachowało, to nic wyjątkowego. Zresztą wielu ludzi ma jeszcze gorzej. Robisz najlepszą herbatę, jaką piłem – mówi, biorąc łyk, i całuje mnie w głowę.

– Dziękuję, jak zasłużysz, to czasem mogę ci ją robić.

– Twoi rodzice pewnie są z ciebie dumni, córka idealna; masz jakieś rodzeństwo?

– Nie mam i patrząc na twoją relację z siostrą, to żałuję, bo też bym chciała mieć taką osobę. A rodzice nie są ze mnie dumni, nie chcieli, żebym wyjeżdżała. Już gdy się urodziłam, zaplanowali mi życie, miałam zostać żoną o cztery lata starszego syna właściciela sklepów z naszej wsi. Wiem, brzmi śmiesznie i starodawnie, ale oni naprawdę się uparli i bardzo mi utrudniali wyjazd. Gdy wyjechałam, śmiertelnie się obrazili i nie dali mi pieniędzy nawet na bilet, musiałam sobie sama jakoś radzić. Miałam odłożone trochę gotówki, ale było bardzo ciężko. Gdy mi się udało skończyć studia i otworzyć firmę, która odniosła sukces, odwiedziłam ich po raz pierwszy od wyjazdu. Myślałam, że im przeszło, ale dali mi wyraźnie do zrozumienia, że nie jestem tam mile widziana i że gardzą moimi pieniędzmi, więc już tam więcej nie pojechałam.

– Przykro mi, że tak się zachowali, ale na pewno są z ciebie dumni. Może nie potrafią się przyznać do błędu.

– Przestań, też nie chcę żadnej litości. Chcesz jeszcze herbaty albo jesteś głodny? Możemy zamówić coś do jedzenia, może tak dla odmiany przywiezie je jakiś miły dostawca.

– Albo może jakaś zabawna dziewczyna. Możemy sprawdzić, kto je przywiezie.

– Ok. Pizza?

– Może być.

– To zamówię, jaką lubisz?

– Wegetariańską może?

– Jestem raczej mięsożercą, ale dla odmiany mogę zjeść trochę warzyw – dzwoni i zamawia dużą pizzę, którą przywożą już po piętnastu minutach, otwiera drzwi i odbiera ją.

– Niestety, jakiś chłopak ją przywiózł – mówi, wracając do pokoju. – Przyniosę sztućce.

– To ja mogłam otworzyć. Weź też wodę z kuchni. – Siedzimy na kanapie i jemy pizzę prosto z kartonu.

– Podoba mi się taki wieczór.

– Tak, a co najbardziej?

– Wszystko, ty, widok z okna, pizza na kanapie. – Kładę poduszkę na jego kolanach, a na nią kładę głowę, mimo że na niego nie patrzę, wiem, że się uśmiecha, głaszcze mnie po głowie. Rozmawiamy o wszystkim i śmiejemy się bez żadnego skrępowania, jakbyśmy byli starymi przyjaciółmi.

XII

Budzę się, gdy Nick stara się wstać i jak najdelikatniej próbuje mnie przesunąć.

– Nie chciałem cię budzić, ale jestem już spóźniony do pracy.

– A która jest godzina?

– Za dziesięć szósta, śpij sobie, muszę być dziś godzinę wcześniej w restauracji i mam dziesięć minut, żeby tam dotrzeć.

– Weź mój samochód, kluczyki są przy drzwiach, musisz zjechać windą na sam dół.

– Nie, tak czy tak już się spóźnię, śpij, nie rozbudzaj się.

– Nawet nie wiem, kiedy zasnęłam.

– Ty pierwsza usnęłaś, chciałem, żebyś głębiej zasnęła, a wtedy zamierzałem wyjść po cichu, ale w międzyczasie mi się usnęło – klęczy przy mnie, a ja leżę na kanapie jeszcze zaspana. – Pierwszy raz się spóźnię do pracy, więc już idę, nie zagaduj mnie, tylko śpij – udaje rozkazujący ton.

– Jedziesz, weź samochód, stąd nie dojedziesz niczym innym jak taksówką. Będziemy mieć przynajmniej pretekst, żeby się jeszcze raz spotkać.

– No dobrze, bo tak właściwie to nawet nie wiem, czym mam stąd jechać. Przyjadę dziś po ciebie do pracy o siedemnastej, może tak być?

– Idealnie. – Całuje mnie delikatnie w usta, tym razem grzecznie, nie miesza w to swojego języka, i przykrywa mnie kocem.

– Wyglądasz słodko, gdy jesteś zaspana. Miłego dnia – szybko znika za drzwiami, a ja zasypiam.

Budzi mnie dźwięk SMS-a:

„Cześć, dziewczyno, pora wstawać do pracy. Nawet nie masz pojęcia, jaką atrakcją jest twój samochód i jak wiele pytań wszyscy zadają, mam niezłą zabawę, gdy nie odpowiadam, a oni sami zgadują, o co chodzi. Dodając do tego moje pierwsze spóźnienie, mają niezłą zagadkę, do zobaczenia wieczorem".

„Jestem wyjątkowo wyspana jak na noc na kanapie, miłej zabawy w pracy, złośliwy chłopaku."

Szykuję się do pracy, robię sobie herbatę i biorę ją ze sobą. Gdybym wstała wcześniej, pojechałabym komunikacją miejską, metrem, tak dawno już nim nie jeździłam. Z braku czasu muszę zamówić taksówkę, która przyjeżdża błyskawicznie i równie szybko dowozi mnie na miejsce. Moja sekretarka wita mnie dziś uśmiechem, którego dawno u niej nie widziałam, zabieram od niej rzeczy do zrobienia na dziś i siadam w swoim gabinecie. Kocham swoją pracę, bo jest spełnieniem moich marzeń, ale po dwóch godzinach czytania dokumentów muszę się napić czegoś z kofeiną, kawy nie lubię, więc zostają napoje z jej dodatkiem. Wstaję i idę poprosić moją sekretarkę, żeby mi coś przyniosła. Gdy wychodzę z gabinetu, widzę, że Emily kłóci się z jakąś skromnie ubraną kobietą w średnim wieku.

– Przepraszam, pani prezes, za zamieszanie, ale ta kobieta nie chce stąd odejść, zbiera datki na jakiś cel, tłumaczyłam, że nie jest Pani zainteresowana, ale to nie pomaga, już wzywam ochronę.

– Nic się nie stało, nie słyszałam hałasu, chciałam prosić o coś do picia z kofeiną.

– Dzień dobry, jestem z fundacji, która pomaga tym, którzy sami nie mogą sobie pomóc, niech pani mnie wysłucha.

– Dobrze, zapraszam, napije się pani czegoś?

– Wody.

– Podaj napoje, proszę, a ja przyjmę tę panią – zwracam się do mojej sekretarki.

– Dobrze, i przepraszam, myślałam, że nie będzie pani zainteresowana rozmową.

– Spokojnie, nigdy nie byłam, więc mogłaś tak myśleć. Dziś jestem, a następnym razem masz mnie pytać w takich sytuacjach – mówię to z uśmiechem, żeby ją uspokoić, bo jest nie tylko zdziwiona, ale też zdenerwowana. – Zapraszam panią – mówię do kobiety z fundacji. Wchodzi i siada przy biurku naprzeciwko mnie.

– Nasza organizacja zajmuje się pomocą zwierzętom, oto moja legitymacja, one same nie mogą sobie pomóc, a ludzie coraz częściej traktują je jak zabawki, liczba porzuconych zwierząt z roku na rok rośnie i nikogo to nie interesuje.

– Czego pani ode mnie oczekuje, jak mogę pomóc?

– Zwierzęta potrzebują tylko podstawowych rzeczy, takich jak miłość, jedzenie i jakieś ciepły kąt. Zbieramy głównie koce lub jakieś szmaty i jedzenie, utrzymujemy je właśnie z datków hojnych ludzi, którym ich los nie jest obojętny. – Wchodzi moja sekretarka z napojami, o które prosiłam, stawia je i wychodzi.

– Dobrze, więc może wypiszę pani czek, przyjmujecie je?

– Tak, przyjmujemy każdą formę pomocy. W zamian oznaczymy panią na liście darczyńców na reklamach, które robią nam za darmo niektóre firmy.

– Nie, proszę tego nie robić – wypisuję jej czek na dziesięć tysięcy funtów.

– Nie ma się czego wstydzić, pomaganie to szlachetna, nie wstydliwa rzecz. Większość firm robi to tylko dla reklamy, ale żadna nie ofiarowuje tak hojnego datku.

– Ja się nie wstydzę, po prostu nie robię tego na pokaz, tylko dlatego, że chcę, robienie rzeczy na pokaz mnie nie satysfakcjonuje.

– Dziękujemy bardzo, ma pani dobre serce, pójdę już, nie będę zajmować więcej czasu.

Zostaję sama i dalej wykonuję swoją pracę. Kiedyś lubiłam przyrodę i kochałam zwierzęta, i chyba nadal tak jest, tylko już o tym nie myślę i nie przebywam ani ze zwierzętami, ani na łonie natury. Gdy zaczynałam osiągać sukces, obiecywałam sobie, że nigdy się nie zmienię i nie zapomnę o sobie, o tym, kim jestem. Więc albo zmieniło się to, kim jestem, albo mi się nie udało.

Dzień mija szybko, zaraz powinien przyjechać po mnie Nick. Ktoś puka do drzwi.

– Proszę.

– Cześć, świetnie wyglądasz, wpadłem na chwilę ci podziękować, lokal, który mi znaleźliście, jest idealny. Proszę, to w ramach podziękowań.

To Mark z ogromnym bukietem czerwonych róż.

– Cześć, nie ma za co, to nasza praca. Nie musiałeś kupować tak wielkiego bukietu, ale dziękuję bardzo. Usiądź, napijesz się czegoś?

– Nie mogę, bo już jestem spóźniony, ale musiałem przyjechać, żeby jeszcze złapać cię w pracy. Chętnie natomiast napiję się czegoś podczas kolacji, na którą cię dziś zapraszam. Wiem, miałem nie proponować, ale zjemy w tej nowej knajpie w centrum, tej, która dostała najlepsze recenzje i w której zdobycie stolika graniczy z cudem.

– Miło, że się tak postarałeś, ale niestety obawiam się, że to będzie niemożliwe, bo mam już plany na wieczór. – W tym samym momencie do gabinetu wchodzi Nick.

– Wyjdź stąd, nie widzisz, że pani prezes jest zajęta? Co to za zwyczaje, żeby obsługa wchodziła bez pukania?! – mówi zdenerwowany Mark. Nie wiem, czy jest zły, że ktoś nam przerwał, czy zdenerwowała go moja odmowa.

– Spokojnie, Mark, to mój przyjaciel, Nick, byliśmy umówieni.

– A więc to z nim są związane twoje dzisiejsze plany? – mierzy go wzrokiem od góry do dołu z lekką pogardą. Nawet mu się nie dziwię, Nick wygląda zupełnie inaczej niż on. Mark ma na sobie markowy garnitur i przesadnie drogi zegarek, nienagannie ułożona fryzura dopełnia wizerunku zadbanego, eleganckiego mężczyzny sukcesu. Nick przyszedł tu w jeansach i bluzie z kapturem.

– Tak, ze mną. Boli, że olała cię dla chłopaka z obsługi?

– Dla chłopaka z obsługi, który nie potrafi się poprawnie wyrażać. Nie nazwałbym tego też, że wybiera twoje towarzystwo zamiast mojego. Spójrz na siebie, jedyne, co mi przychodzi do głowy, dlaczego się z tobą umówiła, to litość. Charlotte, zapisałaś się do jakiejś fundacji, która pomaga ludziom wykluczonym społecznie? – rozśmiesza mnie tym, mój uśmiech jeszcze bardziej denerwuje Nicka.

– Proszę was, przestańcie, nie zachowujcie się jak dzieci. Mark, nie bądź niegrzeczny, umówiłam się z Nickiem, bo chciałam, lubię spędzać z nim czas.

– Ok, przepraszam, masz rację, nie wiem, dlaczego wdaję się w śmieszne pyskówki z… twoim przyjacielem. Naucz go tylko pukać, bo wszedł tu, jakby to było coś ważnego.

– Nie, to nic tak ważnego, chciałem tylko oddać auto, które pożyczyłem rano, gdy zaspałem.

– Znudziło ci się jeżdżenie autobusem? Korzystaj, póki możesz, sam sobie takiego nigdy nie kupisz, a Charlotte się w końcu tobą znudzi. Nie masz jej nic do zaoferowania, uwierz mi, znam ją doskonale.

– Mark, wystarczy.

– Dobrze, dobrze – przerywa mi. – Pójdę już, jak przejdzie ci niestrawność po kebabie, odezwij się, załatwię kolejną rezerwację, takiej księżniczce jak ty należy się wszystko, co najlepsze – całuje mnie w policzek na pożegnanie i przytula, a jego ręka specjalnie ląduje zbyt nisko.

– Rzeczywiście fajny ten twój znajomy, ładny bukiet od niego dostałaś – mówi Nick, gdy Mark wychodzi. Jeszcze nie widziałam go takiego złego.

– Przepraszam cię za niego, widać źle znosi odrzucenie. A kwiaty są w ramach podziękowań za dobrze wykonaną pracę.

– Zapewne, szkoda, że moi klienci nie wręczają prezentów za dobrze wykonaną pracę.

– Bo ty nie wykonujesz jej dobrze, raz przywiozłeś mi jedzenie i uwierz mi, pracownikiem miesiąca byś nie został – próbuję rozluźnić atmosferę, ale raczej nic to nie daje.

– Dziękuję za pożyczenie samochodu – mówi, podając mi kluczyki. – Też już pójdę.

– Myślałam, że spędzamy wieczór razem.

– Przepraszam, pewnie gdybyś wiedziała, że nie, to byś nie odrzuciła jego zaproszenia. On miał rację, to nie ma sensu, spójrz na siebie i na mnie. Odpuszczę sobie, zanim ci się znudzę.

– Dlaczego dostaje mi się za to, że on cię zdenerwował, dlaczego znowu to robisz i mnie odtrącasz przez swoje wątpliwości? Wiesz co, masz rację, idź, nie mam zamiaru prosić o twój czas. – Wychodzi bez słowa, a mnie jest okropnie przykro. Siadam, kładę głowę na biurko i oddycham, teraz ja też jestem zła, świetnie zapowiadający się wieczór okazał się katastrofą. Nie pierwszy, nie ostatni raz życie koryguje moje plany. Leżę tak pięć minut, głęboko oddychając, moja złość pomału się zmniejsza. Wstaję i zabieram swoje rzeczy, pójdę do domu i wezmę długą kąpiel. Już chcę wychodzić, gdy słyszę pukanie do drzwi.

– Proszę. – Dziwię się, bo to skruszony Nick.

– Mogę cię przeprosić? Jestem megadupkiem, daj przeprosić się ostatni już raz. Zrozum, proszę, że dotknęły mnie jego słowa i fakt, że nie mogę się z nim równać. Często zastanawiam się, czym sobie zasłużyłem na przyjaźń z tobą, i nie tylko mnie to ciekawi, bo często słyszę też takie pytania. Jestem pewny siebie, ale czasem przy tobie zaczynam w siebie wątpić, nie chcę cię skrzywdzić, przepraszam.

Podchodzę do niego i mocno go przytulam.

– Ok, ostatni raz. Nie umawiam się z Markiem, bo nie chcę, według mnie jesteś lepszy od niego, nie wątp w mój gust. Jak masz jakieś pytania lub wątpliwości, mogę ci pomóc je rozwiązać: lubię cię za to, jaki jesteś, a nie z powodu tego, gdzie pracujesz. Pamiętaj, że to ostatni raz, kiedy tak łatwo wybaczam twoje niewłaściwe zachowanie – puszczam go i widzę jego ulgę i uroczy uśmiech.

– Dziękuję, ale nawet z takiej sytuacji wyszło coś dobrego, bo nauczyłem się pukać. Dasz się zaprosić na kebab? Pojedziemy tam autobusem – teraz on próbuje rozluźnić atmosferę, żartując, wychodzi mu to zdecydowanie lepiej niż mnie. – Więc co masz ochotę porobić?

– Miałam zamiar wziąć długą, relaksującą kąpiel, ale spacer chyba zadziała podobnie.

– Proponujesz mi wspólną kąpiel?

– Raczej wspólny spacer.

– No dobra, w sumie się kąpałem po pracy, drugi raz byłoby bez sensu – bierze ode mnie moją kurtkę, pomaga mi ją ubrać i wychodzimy. Idziemy jak zwykle przed siebie, bez konkretnego celu.

– Jak minął dzień w pracy, dobrze się bawiłeś?

– Wyjątkowo dobrze, szef zamiast zdenerwować się moim spóźnieniem, raczej się zdziwił. Wszyscy pytali, co to za samochód, czy jest twój, czy jesteśmy razem, co robisz w życiu, aż kelnerka się zorientowała, kim jesteś, gdy cię chłopaki opisywały. Nie chcesz wiedzieć, jakich słów do tego opisu użyli! A ja nie odpowiadałem na żadne ich pytania, pozwalałem im snuć coraz to dziwniejsze domysły.

– Sprowadzam cię na złą drogę, skoro przeze mnie się spóźniłeś po raz pierwszy.

– Tak bym tego nie nazwał. Chciałem cię też przeprosić, że zostałem na noc, nie powinienem. Powinienem wyjść, zanim usnęłaś.

– To raczej moja wina, bo to ja ci się położyłam na kolanach. Według mnie nic takiego się nie stało, wręcz przeciwnie, bardzo miło spędziłam wieczór.

– Nawet nie wiesz, jak musiałem się dziś tłumaczyć mojej siostrze! Dzwoniła i pisała do mnie w nocy, ale wyciszyłem telefon, trochę się martwiła, bo nigdy tak nie zrobiłem. Powiedziała, że wybaczy mi to, że pół nocy przeze mnie nie spała, dopiero jak cię jej przedstawię, bo skoro zostaję u jakiejś dziewczyny na noc, to zasługujesz na to, żeby ją poznać. Tłumaczyłem, że to przypadek i że jesteśmy przyjaciółmi, ale patrzyła na mnie jak na nienormalnego.

– Jeśli pytasz mnie, czy chcę poznać twoją siostrę, to odpowiedź brzmi: tak, chętnie ją poznam – uśmiech nie schodzi mi z twarzy, chyba musi mnie lubić, skoro rozważa, czy zapoznać mnie z najważniejszą dla niego osobą.

– Nie pytałem, tylko opowiadałem, co moja siostra na to, ale dobrze wiedzieć w razie czego. – Doszliśmy do jakiejś biednej, nieciekawej dzielnicy, ale z Nickiem czuję się tu dużo pewniej. Idziemy chwilę w milczeniu, ta cisza między nami mnie nie krępuje, czuję się dobrze w jego towarzystwie.

– Słyszysz to? – pyta nagle Nick.

– Tak, jakby jakiś pies piszczał, skąd to dochodzi? – idę w uliczkę obok, z której wydaje mi się, że dochodzi pisk. To ciemna uliczka z przepełnionymi kubłami na śmieci, odpadki się z nich wysypują i walają wszędzie. Nick chwyta mnie za rękę i wyprzedza trochę, chowając mnie za sobą. Za śmietnikiem leży szczeniak, brudny, z poklejoną od krwi sierścią, piszczy resztkami sił. Ktoś go po prostu wyrzucił do śmieci.

– Nie możemy go tak tu zostawić – Nick schyla się i go podnosi.

– Chodźmy z nim do weterynarza. – Wychodzimy szybko z zaułka, mam szczęście, że udaje mi się złapać przejeżdżającą taksówkę, bo w tej dzielnicy raczej nie stoją przy drogach.

Każę nas zawieźć do dobrego weterynarza, Nick troskliwie trzyma psiaka na rękach, nie przejmując się tym, że ma przez to brudną całą bluzę. Oby tylko przeżył, jest taki mały i taki bezbronny. Jak można tak postąpić, przecież są schroniska… Wysiadamy przed dużą lecznicą weterynaryjną, w środku od razu nas przyjmuje lekarz, każe nam usiąść w poczekalni, a pieska bierze na badania.

– Nie martw się, dobrze się nim zajmą, wyjdzie z tego. Nie widzisz, jaki jest silny i jak bardzo chce żyć? – Nick siada obok mnie i obejmuje mnie ramieniem, a ja kładę głowę na jego klatce piersiowej. Siedzimy tak w milczeniu i czekamy. W końcu wychodzi lekarz.

– Proszę, można wejść. – Wchodzimy do gabinetu, gdzie na stole spokojnie leży nasz psiak, ma owiniętą łapkę i jest czysty.

– Nazywam się doktor Phil, zbadałem psa i na szczęście nie ma on obrażeń wewnętrznych. Ma przeciętą łapę i jest skrajnie niedożywiony i odwodniony, podaliśmy mu odpowiednie leki. Niewiele czasu brakowało, a zdechłby z tego powodu. To jest państwa pies?

– Nie, znaleźliśmy go pod śmietnikiem, wydaje mi się, że ktoś go po prostu tam wyrzucił – mówi Nick, a w jego głosie słychać złość.

– Dobrze, że państwo w porę go znaleźli, teraz jego stan jest stabilny, ale bez odpowiedniej pomocy na pewno nie przeżyłby nocy. Niestety będą musieli państwo zapłacić za wykonane zabiegi, ale nie muszą go państwo stąd zabierać, możemy od razu skierować go do schroniska. – Patrzę na to bezbronne zwierzątko, a ono na mnie. Głaskam szczeniaczka po pyszczku, a on go podnosi i kładzie na mojej dłoni, jakby chciał mnie przytrzymać.

– Nie trzeba, zabiorę go do domu. Chcesz być moim przyjacielem? – zwracam się do psiaka, a on tylko spogląda na mnie tymi swoimi mądrymi oczkami. – Nie mogę poświęcić ci dużo czasu, ale mogę dać ci dom, miłość i bezpieczeństwo, które jest ci teraz tak potrzebne.

– Bardzo dobrze, że będzie miał dom, może go pani już dziś do niego zabrać. To chłopiec. – Płacę, biorę psiaka na ręce i wychodzimy. Łapiemy taksówkę i jedziemy do mnie do domu, po drodze robiąc zakupy, bo sama nie przepadam za mięsem, a muszę mieć coś do jedzenia dla mojego nowego przyjaciela.

– Jesteś taka kochana, ten psiak ma szczęście, że będzie mieć taką właścicielkę. – Kładę go na kanapie, a my siadamy obok. – Jak go nazwiesz?

– Crisps, bo jakoś to mi do niego pasuje. Dobrze, że jutro jest sobota, nie idę do pracy, więc będę mogła się nim zająć. Masz całą bluzę brudną, chcesz ją sobie zaprać?

– Nie trzeba, będę już szedł, późno się zrobiło.

– Zostań, dobrze mi, gdy jesteś obok.

– Charlotte, powiedz mi, co jest między nami? Jak mam to nazwać?

– Nie wiem, chyba nic, ty sam chciałeś, żebyśmy zwolnili. Dlaczego mnie pytasz, jak to nazwać? Równie dobrze ja mogę spytać o to ciebie.

– To takie skomplikowane… Nieważne, pójdę już – wstaje i idzie w stronę drzwi, a ja idę go odprowadzić.

– Nie rozumiem, dlaczego zawsze uciekasz, sam nie wiesz, czego chcesz. – Odwraca się i tylko patrzy mi w oczy, widać, że nad czymś się zastanawia.

– Nie masz racji, wiem, czego chcę, ale nie wiem, czy to będzie dla mnie dobre… Trudno, najwyżej będę żałować – jedną ręką chwyta moją twarz i namiętnie mnie całuje, drugą kładzie na moim biodrze i przyciąga mnie do siebie. – Mogę zostać na noc?

– Tak – szepczę, bo zabrakło mi tchu, a nogi mam jak z waty. Uwielbiam, gdy mnie całuje.

– Więc chodź, chcę iść z tobą spać – bierze mnie za rękę i prowadzi po schodach na górę. Lubię, gdy jest taki pewny siebie, chociaż odbiera mi to moją pewność. Idziemy do sypialni, do której już ja go prowadzę, bo on nigdy tu nie był. Gdy wchodzimy, spogląda na łóżko, a potem na mnie i uśmiecha się szelmowsko. – Może zdejmę tę brudną bluzę i może ty coś powiesz? – Zostaje w czarnym, przylegającym do jego ciała T–shircie, ma idealną sylwetkę. Trzyma ręce na moich biodrach i stoimy bardzo blisko, nasze ciała i twarze praktycznie stykają się ze sobą.

– Trochę się boję.

– Nie masz czego, nie skrzywdzę cię. Powiedz, że mam przestać, a od razu to zrobię.

– Nie chcę, żebyś przestawał.

Delikatnie mnie całuje i dotyka, rozpina moją spódnicę, która spada na ziemię, i zdejmuje bluzkę – zostaję w samej bieliźnie. Jestem zawstydzona, ale czuję się bezpieczna. Sam też się rozbiera i zostaje tylko w bieliźnie. Delikatnie kładzie mnie na łóżko, a sam leży nade mną, opierając się na łokciach.

– Jesteś najlepsza i najpiękniejsza, zależy mi na tobie – całuje mnie i dotyka, jedną ręką głaska mnie po policzku i patrzy mi w oczy, zdejmuje z nas bieliznę. – Na pewno tego chcesz? – Kiwam twierdząco głową. Zakłada prezerwatywę i zaczynamy się kochać, robi to powoli i delikatnie, opiekuje się mną. Jest mi z nim dobrze, nie chcę, żeby to się skończyło. – Wszystko ok? – pyta z uśmiechem, a ja znów tylko kiwam głową. Staję się coraz śmielsza i on też kocha się ze mną coraz intensywniej, pieści całe moje ciało, a ono drży pod jego ciepłymi dłońmi. Dawno nikt mnie tak nie dotykał. Dochodzimy jednocześnie, jakby wyczuł moje ciało i wiedział, czego potrzebuje. Kładzie się obok, a ja opieram głowę na jego ramieniu, przytula mnie i całuje w głowę.

– Dobrze, że zdecydowałeś się zostać na noc.

– To jedna z lepszych decyzji w ostatnim czasie – całuje mnie w usta.

– Lubię twoje pocałunki.

– Ja lubię w tobie dużo więcej rzeczy.

– Pójdę na dół zobaczyć, co z Crispsem – wstaję, zakładam jego koszulkę i schodzę na dół. Crisps budzi się, gdy mnie słyszy, daję mu się napić mleka, którego wypija prawie pół miseczki, biorę go na ręce i idę do góry. Nick leży z telefonem.

– Piszę SMS do siostry, żeby tym razem nie mieć problemów – mówi, śmiejąc się. – Chcesz ją poznać? Na pewno będzie na to nalegać.

– Chętnie, jeśli też tego chcesz.

– Chcę. Jak on się czuje? – pyta, patrząc na psiaka.

Chyba lepiej, wypił nawet mleko. Położę go z nami, w nogach, nie chcę go zostawiać samego na dole.

– Na pewno się zmieścimy. – Kładę się obok, Nick dostaje SMS i zaczyna się śmiać.

– Odpisała mi: „Będę tak samo grzeczna jak Ty, w końcu jesteś dla mnie wzorem. Nie no, uspokój się, żartowałam. Wpadnijcie rano na śniadanie" – to mi odpisała na SMS: „Nie wrócę na noc, bądź grzeczna".

– Widać, że to twoja siostra – wtulam się w jego ramiona, jest mi naprawdę dobrze, tu jest moje miejsce. – Już późno, idziemy spać, bo znów zaśpisz, a samochód jest pod firmą. Może weźmiesz kluczyki i pojedziesz sobie rano najpierw po niego, a potem do pracy? Stąd jest kawałek pod biuro.

– Może. Dziękuję za czas, który ze mną spędzasz.

– Ja też. Dobranoc – całuję go na jeszcze raz i zasypiamy.

Znów budzę się, gdy Nick próbuje delikatnie wstać.

– Wezmę sobie prysznic, dobrze? – szepcze i całuje mnie w policzek.

– Jasne. – Wstaje, idzie do łazienki, a ja leżę i uśmiecham się sama do siebie, słuchając szumu wody. Przerywa to dźwięk SMS-a – to telefon Nicka, który zostawił na szafce nocnej. Nie powinnam tego robić, ale nie wytrzymuję z ciekawości i biorę telefon, aby szybko zerknąć, kto to. I chyba niepotrzebnie, bo na wyświetlaczu widzę wiadomość od Nicole o treści: „Myślę o Tobie… ". Mój dobry humor od razu znika, nawet nie słyszę, kiedy woda przestaje lecieć, a do pokoju wchodzi Nick.

– Przepraszam, chciałam sprawdzić, która godzina i w tym samym czasie przyszedł SMS, którego niechcący odczytałam.

– W porządku, a kto napisał?

– Nicole.

– Co ciekawego napisała?

– Że myśli o tobie.

– Jeśli chcesz wiedzieć, nic jej na to nie odpiszę i nie odpisałbym, nawet gdybyśmy ze sobą nie spali.

– A kto to Nicole i dlaczego pisze do ciebie akurat teraz?

– Dziewczyna, z którą się umówiłem raz po naszym trzecim spotkaniu, bo chciałem przestać myśleć o tobie. Odkryłem, że to nic nie daje i że to głupie, więc później już nie spałem z nikim innym i nie mam zamiaru tego robić. Nie odezwałem się do niej, pewnie czekała, zobaczyła, że ja nie mam zamiaru, więc sama napisała – mówi spokojnie, ubierając się. Jestem zła, ale przecież nie zrobił nic złego, nic nas wtedy nie łączyło, ale gdy wyobrażam sobie go z inną, czuję ukłucie w sercu.

– Ok, rozumiem – staram się udawać obojętność.

– Możesz sobie przeglądać mój telefon, tylko koniecznie zwróć uwagę na daty – siada na łóżku, nachyla się nade mną, głaska po policzku i całuje w rękę. – Ciekawe, co ja interesującego znajdę, gdy przejrzę twój – uśmiecha się zaczepnie i puszcza do mnie oczko.

– Przepraszam, nie powinnam tego robić. A gdybyś przejrzał mój, znalazłbyś same poważne, służbowe SMS-y.

– No, nie powinnaś, więc tym razem ja ci coś wspaniałomyślnie wybaczę. Czyli moje SMS-y są dziecinne? Poczekaj jeszcze trochę i sama będziesz tak do mnie pisać – śmieje się i patrzy na mnie tym swoim kochanym spojrzeniem. – Idę, bo mam szansę się nie spóźnić, a ty się nie martw o coś, o co nie musisz.

– Niedoczekanie twoje. Kluczyki są w torebce na dole. Miłego dnia.

– Opiekuj się panią – mówi do psiaka, który nie leży już w nogach, a na poduszce obok mnie. Głaska go, a mnie czule całuje na pożegnanie i wychodzi do pracy.

XIII

Nie pamiętam już tak przyjemnego weekendu, cały spędziłam z Nickiem, który do domu jechał tylko na noc. Crisps ma się już dobrze, więc mogę go zostawić samego, gdy wychodzę do pracy. Żegnam się z nim i jadę do biura, a tu czeka już na mnie Clark, który dziś wrócił z urlopu.

– Jaki opalony i zadowolony, musisz częściej brać urlop – przytulam go na powitanie.

– Zadowolony to jestem z innego powodu, chodź do gabinetu, to ci powiem z jakiego. – Siadamy w gabinecie, a sekretarka przynosi nam herbatę.

– Więc? Nie trzymaj mnie dłużej w niepewności.

– To prawda, że wypisałaś datek na dziesięć tysięcy funtów dla organizacji opiekującej się zwierzętami?

– Tak, to prawda, chociaż może trochę przesadziłam. Mam też swojego psa, trzy dni temu znalazłam porzuconego szczeniaka i go przygarnęłam, nazywa się Crisps, uroczy jest, musisz go poznać.

– Ja nie krytykuję, że to zrobiłaś, tylko nie byłem pewny, czy to prawda, nigdy tak nie postępowałaś. Pamiętasz firmę BCDT? Długo staraliśmy się o to, żeby z nami współpracowała, i albo odmawiała, albo dawała niekorzystne warunki. Okazało się, że jej prezes jest ogromnym miłośnikiem zwierząt i jest związany z fundacją, którą wspomogłaś. Pani, która u ciebie była, opowiedziała mu o twojej hojności i o tym, że nie chcesz być wymieniona w reklamach, bo nie będziesz nic robić na pokaz. Natomiast rzeczą, która niezmiernie denerwuje prezesa, są firmy chcące robić sobie reklamę, dając jakieś grosze na dobroczynność i udając, że je to obchodzi. Przechodząc do sedna, chcą z nami nawiązać współpracę i to na bardzo korzystnych warunkach.

– To wspaniale, pamiętam, jak długo się o to starałeś! Tylko głupio mi, że robią to z tego powodu.

– Niepotrzebnie, jesteś niesamowita. Bardzo się zmieniłaś ostatnio. Chcę go poznać, ma na ciebie świetny wpływ, to musi być jakiś dobry chłopak – uśmiecha się do mnie i idzie do swojego gabinetu.

Dzień pracy dobiega końca, zbieram swoje rzeczy i jadę do domu. Już chcę tam być, nie wiem, jak poradził sobie Crisps, może boi się, że go porzuciłam.

Wszystko z nim w porządku, jest szczęśliwy, że mnie widzi, daję mu jeść, wyprowadzam na spacer, bawię się z nim. Cieszę się, że go mam, daje mi dużo radości, dzięki niemu dom nie jest już taki pusty, a ja nie czuję się taka samotna. Leżę na kanapie i przeglądam sprawozdania, przerywa mi dzwonek do drzwi; idę otworzyć, a na progu stoi Nick.

– Cześć, jak było w pracy? Masz czas, żeby pójść gdzieś ze mną?

– Cześć, dobrze. No, mogę iść, ale mogłeś napisać albo zadzwonić wcześniej.

– Nie miałem czasu, więc bierz kurtkę i chodź. – Gdy wracam ubrana, Nick łapię mnie za rękę i idziemy do windy. Zjeżdżamy na dół, całuje mnie w usta i szepcze: – Cześć.

– Chyba już się przywitaliśmy.

– Ale nie tak, jak należy.

– A mogę wiedzieć, gdzie nam się tak spieszy?

– Zobaczysz. – Wsiadamy w taksówkę i jedziemy parę przecznic dalej, w mniej zamieszkane tereny. Idziemy do parku, gdzie czeka na nas rozłożony na ziemi koc, na którym siadamy. – Zabrałem cię tu, bo chcę porozmawiać. – W tym momencie na niebie pokazują się fajerwerki.

– Przepiękne, nie wiedziałam, że jesteś typem romantyka.

Nie jestem, ale gdy mi zależy, potrafię się postarać. Może to trochę głupio zabrzmi, ale chciałem zapytać, co jest między nami i czy coś będzie. Spotykamy się, ale nigdy tego nie nazwaliśmy… Chciałem spytać, czy będziesz moją dziewczyną, czy chcesz? – Siedzę i patrzę na sztuczne ognie, które tak uwielbiam.

– Skąd wiedziałeś, że lubię fajerwerki?

– Mówiłaś mi o tym na naszym pierwszym spotkaniu.

– Nawet tego nie pamiętam. Też nie wiedziałam, jak mam do tego podejść i jak ty to traktujesz. Dobrze, że zapytałeś, bo bardzo chcę być twoją dziewczyną. – Sadza mnie między swoimi nogami, leżę na jego klatce piersiowej i razem oglądamy pokaz. – Dziękuję. – Wtulam się w niego z całych sił.

– Nawet nie wiesz, jak się bałem, że usłyszę odmowę.

– A jak sobie poradzisz z faktem, jak ty to nazywasz, że pochodzimy z dwóch światów? Przecież bardzo ci to przeszkadza.

– Myślę, że jakoś dam radę, bo warto. I nie będę zwracać uwagi na złośliwe komentarze, komentują ci, co zazdroszczą.

Wszyscy będą myśleć, że muszę być naprawdę zajebisty, skoro taka laska jest moja.

– Na pewno. – Fajerwerki przestają strzelać, a my jak dzieci siedzimy na kocu i się śmiejemy.

– Chodźmy. Może dziś zostanę na noc?

– Może. – Wracamy do domu, a w drzwiach wita nas Crisps. – Pierwszy raz przybiegł, gdy przyszłam.

– Ma się już dużo lepiej i na pewno jest szczęśliwy, że ma taką kochającą opiekunkę. Ja na przykład jestem szczęśliwy, że mam taką dziewczynę.

– Taką, czyli jaką?

– Mądrą, dobrą, seksowną. Taką, z którą teraz będę się kochać.

– Nie bądź tego taki pewny. Idę do kuchni się napić, chcesz coś? – Idzie za mną. Opieram się o szafkę i piję, a on patrzy na mnie ze swoim niedwuznacznym uśmiechem. Podchodzi do mnie, sadza mnie na szafce i staje między moimi nogami.

– Dasz mi się też napić? – Biorę do ust zimną wodę i przelewam ją do jego ust. – Przepyszna. – Zaczynamy się całować, delikatnie dotyka całego mojego ciała, a ja jego. Zdejmuje ze mnie spodnie, a swoje tylko rozpina. Wchodzi we mnie, całuje, a jego ręce wędrują pod moją bluzkę. Jest mi z nim cudownie, jest pewny siebie i robi ze mną, co tylko chce. Całuję jego klatkę i ramiona, a on szepcze mi do ucha: – Fajną mam dziewczynę. – Znów mamy jednocześnie orgazm, nie wiem, jak on to zrobił, że już mnie tak doskonale zna.

– Może weźmiemy razem prysznic? – pytam go, gdy skończyliśmy.

– Może. – Idziemy do góry i bierzemy ciepły prysznic. Nie przeszkadza mi moja nagość, czuję się przy nim już swobodnie, to zaskakujące, jak szybko mnie poznał i zyskał moje zaufanie. Kładziemy się do pachnącej świeżością pościeli. Opieram głowę na jego ramieniu, a on mnie przytula.

– Mój wspólnik chce cię poznać, będę pod dużym wrażeniem, jak przekonasz go do siebie. Traktuje mnie trochę jak młodszą siostrę i nie bardzo chce, żebym się teraz z kimś spotykała.

– Chętnie go poznam i pokażę, że ja tak samo jak on chcę dla ciebie wszystkiego, co najlepsze.

– Może w przyszłym miesiącu? Jest impreza firmowa, będzie cały personel i najbliżsi współpracownicy, wszyscy z osobami towarzyszącymi, więc to będzie dobra okazja.

– Z przyjemnością pójdę, jeśli ty pójdziesz ze mną jutro na przyjęcie urodzinowo–inauguracyjne do mojej siostry. Wybrała uczelnię, na którą pójdzie, chce to połączyć z urodzinami i zrobić spotkanie dla najbliższych, i nie daruje mi, jak przyjdę na nie bez ciebie. Wybrała tę samą uczelnię, na której ty studiowałaś.

– Umowa stoi, to uczciwe rozwiązanie. – Przytula mnie mocniej i całuje długo i namiętnie.

– Śpij, dziewczyno.

XIV

Budzę się przed szóstą i nie potrafię już zasnąć, wstaję cichutko, żeby nie budzić Nicka, jestem w tym lepsza, bo mi się udaje. Wychodzę z Crispsem na spacer i kupuję świeże pieczywo, warzywa i sery na śniadanie. Nick schodzi akurat na gotowy posiłek.

– Dzień dobry, mam nadzieję, że lubisz jajka sadzone i kanapki z serem i warzywami. Jest też kawa, ja jej nie piję, ale większość ludzi tak, więc też ci ją przygotowałam. – Całuje mnie i przyciąga do siebie, łapiąc za tyłek. Jemy śniadanie, siedząc naprzeciwko siebie przy barze.

– Dziękuję, to miłe, ale nie musiałaś. Ciągle mnie zaskakujesz, a kawa bardzo się przyda, to pierwsza rzecz, jaką piję rano.

– Nie przyzwyczajaj się, to tak wyjątkowo, bo nie chciało mi się spać. Nie jestem typem dziewczyny, która będzie przygotowywać ci śniadanka do pracy.

– I dobrze, bo wcale tego nie oczekuję.

– O której dziś jest przyjęcie twojej siostry?

– O osiemnastej, u nas w domu, przyjadę po ciebie.

– Nie trzeba, wiem, gdzie mieszkasz. Trochę się denerwuję, czy mnie polubi, będę jedyną obcą, która nikogo tam nie zna.

– Nieprawda, będzie tam Adam, Lucas, Harry, Jessica i Megan, poznałaś ich w pubie. Każdy na pewno cię polubi, bo jesteś urocza, a poza tym masz mnie, ja się tobą zaopiekuję, więc nie musisz się niczym martwić. Pyszne śniadanie, ale muszę już uciekać, miłego dnia, do zobaczenia wieczorem – całuje mnie na pożegnanie i wychodzi.

Wychodzę wcześniej do pracy, bo po drodze chcę jeszcze wejść do kościoła, nie wiem po co, po prostu czuję taką potrzebę. Kościół o godzinie ósmej dwadzieścia świeci pustkami, siadam w mojej ławce i podziwiam ołtarz, który jest piękny w swojej prostocie.

Dziękuję Ci, Boże, za to, co mam, za Nicka, za mojego psiaka, za to, że jestem szczęśliwa, bo czuję, że się do tego przyczyniłeś. Dziękuję za to, że starasz się przemienić moje serce i sposób patrzenia na świat i ludzi. Wiem, że istniejesz, bo czuję Twoją obecność, nie wiem, jak do tej pory mogłam tego nie czuć. Może nie przestrzegam wszystkich Twoich przykazań, na przykład seks po ślubie, albo też nie modlę się dwa razy dziennie, ale czy to znaczy, że robię coś złego? Nikogo tym nie krzywdzę. Nie chcę się do niczego zmuszać, nie chcę, żeby kontakt z Tobą był przykrym obowiązkiem. Jeśli uważasz, że robię błąd, pomóż i mi to zmienić, chociaż wolałabym, żeby zostało tak, jak jest. Nie pozwól, żebym kiedykolwiek jeszcze od Ciebie odeszła, bądź przy mnie i zmieniaj moje serce.

Gdy podnoszę wzrok, widzę, że idzie do mnie mój znajomy ksiądz, jak zawsze z ojcowskim uśmiechem siada obok.

– Dzień dobry, Charlotte, co cię tu sprowadza tak wcześnie, coś się stało?

– Wręcz przeciwnie, a przyszłam, bo odczułam taką potrzebę. Ksiądz ma jakąś kamerkę na kościół, że zawsze wie, kiedy tu jestem?

– Przede mną nic się nie ukryje. Bardzo dobrze, że masz takie potrzeby, twoje oczy błyszczą, mam nadzieję, że to także zasługa tego z góry.

– Myślę, że on też się do tego przyczynił. Jestem księdzu wdzięczna za to, że rozmawiał ze mną i starał się wskazać drogę nawet wtedy, gdy ja tego nie chciałam. Ma ksiądz może jakieś marzenie?

– Moje marzenie właśnie się spełniło.

– A jakieś inne?

– Wszystkie moje marzenia może spełnić jedynie Bóg i mam nadzieję, że tak się stanie, jeśli tylko taka jest jego wola.

– Szkoda, bo chciałam się jakoś odwdzięczyć. Może dam jakiś datek na kościół? Jest śliczny, ale na pewno wymaga remontu i poprawek.

– To prawda, wszystko bardzo szybko się zużywa, największym problemem jest nagłośnienie, które niedługo odmówi posłuszeństwa. Przerywa, wysiada i piszczy, zbieramy na ten cel.

– A tak, też zwróciłam na to uwagę podczas mszy, na której byłam. Zastanawiałam się nawet, czy to nie ma tak być, taki old school. Więc może ksiądz powie, ile wam brakuje, a ja wypiszę czek.

– Nie wiem ile, bo ja się tym nie zajmuję, nie wiem nawet, czy jest już firma, która to ma zrobić. Zresztą jak mogę powiedzieć ci, ile masz dać, mogłabyś o mnie źle pomyśleć.

– Na pewno bym źle nie pomyślała, ale jeżeli ksiądz nie chce, to rozumiem to. W takim razie nie wypiszę czeku, tylko przyślę dziś firmę, która się tym zajmie. Ja pokryję wszystkie koszty z tym związane.

– Nie, Charlotte, nie musisz tego robić, to zbyt hojny gest i czuję, że cię do niego zmusiłem.

– Niech mi ksiądz uwierzy, że ja nie robię nic wbrew sobie, poza tym chcę w niedzielę wysłuchać pięknej mszy, której nie przerywa strzelanie z głośników. Muszę już iść do pracy, bo jestem spóźniona, dziś będzie ekipa – szybko wychodzę i czuję, jak do drzwi odprowadza mnie uśmiech księdza. Do biura przychodzę spóźniona dwadzieścia minut.

– Dzień dobry, pani prezes, czy coś się stało? – pyta Emily. Dziwi ją moje spóźnienie.

– Dzień dobry, wszystko w porządku. Mam prośbę, znajdź ekipę, która zamontuje nowe nagłośnienie w kościele, tu masz adres, niech zamontują jedno z najlepszych. Mają być tam dziś, zajmij się tym od razu, to priorytet. Wszystkie koszty ja pokrywam, niech nawet nie rozmawiają z księdzem o pieniądzach.

– Oczywiście, już się tym zajmuję. – Wchodzę do gabinetu, przeglądam sprawy na dziś, same spotkania, które pochłaniają cały mój dzień.

Jest szesnasta, muszę dziś wyjść wcześniej, bo chcę kupić prezent dla siostry Nicka.

– Jak sprawa z nagłośnieniem, znalazłaś jakąś firmę? – pytam sekretarki przed wyjściem.

– Tak, nie było łatwo na dziś znaleźć, bo wszyscy już są zajęci, ale udało się i mieli tam być na dwunastą.

– Świetnie, dziękuję ci bardzo. Gdyby Clark pytał, wyszłam godzinę wcześniej, bo idę dziś na urodziny i muszę jeszcze kupić prezent.

– Oczywiście, pani prezes, miłego wieczoru.

– Mam nadzieję.

Dojeżdżam pod dom Nicka. Miałam mało czasu, ale zdążyłam ze wszystkim. Nie wiedziałam, jaki strój będzie odpowiedni, ale z racji, że to urodziny, wybrałam czarną sukienkę z rozkloszowaną spódnicą i dekoltem, a do tego czarne szpilki. Chcę się podobać Nickowi i zrobić dobre wrażenie. Z prezentem też miałam problem, ale pani w sklepie doradziła mi markową torebkę, w której zmieszczą się zeszyty. Stwierdziła, że skoro jej nie znam, ciężko będzie wybrać co innego, a taka torebka nie może się nie podobać. Parkuję pod domem, jest już tam parę samochodów, mój oczywiście się wyróżnia na ich tle. Jestem zła na siebie, mogłam wziąć taksówkę, nie wiem również, czy nie wygłupię się z prezentem, może jest za drogi, pewnie też jestem niewłaściwie ubrana. Trudno, jestem tu dla Nicka, piszę mu SMS, nie chcę tam sama wchodzić.

„Jestem pod domem, wyjdziesz po mnie?"

Nie muszę długo czekać, schodzi po mnie na dół, ma ubraną elegancką koszulę i czarne spodnie, więc chociaż nie dałam plamy ze strojem.

– Cześć, śliczna dziewczyno, co taka zdenerwowana?

– Bo żałuję, że przyjechałam tu samochodem i że kupiłam taki prezent, jaki kupiłam.

– Spokojnie, niepotrzebnie w ogóle coś kupiłaś, ona chce cię po prostu poznać. Na razie wie tylko, że masz na imię Charlotte, że jesteś moją dziewczyną, że jesteś piękna i że przez ciebie nie wracam na noc. Zresztą wszyscy chcą cię poznać, chodź oczarować ich tak jak mnie – całuje mnie w usta tak, że nogi mi się uginają. – I pamiętaj, że będę cały czas przy tobie.

– Ok, masz rację, zachowuję się jak dziecko, ale to dlatego, że chcę, żeby twoja siostra mnie polubiła.

– Wiem – bierze mnie za rękę i prowadzi do mieszkania na pierwszym piętrze. To małe, skromnie urządzone mieszkanie, dziś przyozdobione balonami. Jest tu sporo osób, których oczy zwróciły się na nas, gdy tylko weszliśmy. Od razu podbiegła do nas śliczna dziewczyna z czarnymi włosami, ubrana w sukienkę i sandałki.

– Charlotte, to moja siostra Vicky, Vicky, to właśnie moja dziewczyna, którą tak chciałaś poznać.

– Nie mówiłeś, że to TA Charlotte! Jesteś jeszcze ładniejsza na żywo niż w gazetach! Miło mi cię poznać, nie wierzę, że to ty, i to z moim bratem, znaczy się, ja wiem, że on jest super, ale nie wiedziałam, że spotyka się z tobą – wykrzykuje i przytula mnie trochę za mocno, a wszyscy patrzą na nas, ciekawi, co się dzieje.

– O, dzięki, Vicky. Nie krzycz, zawstydzasz Charlotte, uspokój się, bo będzie żałować, że tu przyszła.

– Przepraszam, masz rację – staje prosto i próbuje się opanować.

– Daj spokój, nic nie zrobiła. Zgodzę się z tym, że twój brat jest super, mam nadzieję, że się nim ze mną trochę podzielisz. To dla ciebie, wszystkiego najlepszego – całuję ją w policzek i podaję prezent, który szybko rozpakowuje.

– Nie mogę tego przyjąć – mówi, a jej oczy błyszczą na widok torebki. Myślę, że prezent się spodobał.

– Vicky, nie bądź niegrzeczna, to torebka – burczy na nią Nick, któremu Vicky szybko przerywa.

– Nie o to chodzi, to za drogi prezent, ty też nie byłbyś zadowolony, gdybym go przyjęła.

– Ależ możesz, na naszej uczelni właśnie w tym nosi się zeszyty. Łatwiej będzie ci się wpasować i szybciej zobaczą, jaką jesteś fajną dziewczyną. – Nick gromi mnie wzrokiem za tak drogi prezent.

– Ty też takie nosiłaś?

– Niestety nie było mnie wtedy na nie stać, nadrabiałam charakterem.

– I Ryanem? – mówi, zanim zdążyła pomyśleć, i mam wrażenie, że tego żałuje. Czeka na moją reakcję, bo na twarzy Nicka widać złość na nią.

– Dokładnie, i wiesz co, z takim charakterem jak twój, bo mniemam, że masz taki jak brat, i z taką torebką nie będziesz musiała się specjalnie wysilać. Widzę, że dobrze znasz moją biografię? – uśmiecham się do niej serdecznie, a ona kiwa twierdząco głową.

– A tak, bo Vicky ciągle czyta te plotkarskie pisemka – komentuje Nick.

– I co z tego? Nie przejmuj się nim, przeważnie jest bardziej wyluzowany – przedrzeźnia go siostra. – Dziękuję bardzo za prezent, mam nadzieję, że się zaprzyjaźnimy, i cieszę się, że mój brat znika właśnie z tobą. Pójdę już, dam wam trochę spokoju i czasu, żeby poznać wszystkich – uśmiecha się do mnie serdecznie, a do Nicka robi głupią minę.

– Widać, kto ją wychowywał, charakterek ma taki jak ty. – Nick uśmiecha się do mnie, ręką obejmuje w pasie i całuje w głowę.

Poznaję resztę jego znajomych, wszyscy są bardzo mili, może tylko Megan denerwuje moja obecność i spogląda na mnie z zazdrością. Lucas cały wieczór przeprasza mnie za to, co powiedział o mnie w barze, moje zapewnienia, że wszystko w porządku, na nic się zdają, bo co chwilę przeprasza i się tłumaczy.

Prawie wszyscy goście już wyszli.

– Pójdę już, dziękuję za miły wieczór, cieszę się, że mogłam cię poznać – mówię do Vicky, która z ożywieniem rozmawia z przyjaciółką.

– To ja dziękuję, cieszę się, że Nick ma taką cudowną dziewczynę, bo na to zasługuje. Mam nadzieję, że spotkamy się niedługo.

– Pójdę cię odprowadzić – mówi Nick. Żegnam się z pozostałymi i wychodzimy.

– I co, nie było chyba tak źle? – pyta, gdy stoimy oparci o samochód.

– Było fajnie, masz fajną siostrę.

– Wiem, jest wyjątkowa, tylko czasem nieznośna jak każda nastolatka.

– Ty też jesteś czasem nieznośny, mimo że nie jesteś nastolatkiem.

– Ależ ja mam zabawną dziewczynę – podchodzi do mnie, jedną ręką łapie w talii, a drugą za moją brodę i całuje. Nie wiem, jak to możliwe, że jego usta są zawsze ciepłe i miękkie.

– Jadę, a ty pomóż siostrze posprzątać.

– Jedź ostrożnie – otwiera mi drzwi i zamyka je za mną. Gdy odjeżdżam, stoi na chodniku i patrzy na mnie, macham mu na pożegnanie, on też podnosi rękę i obdarza mnie swoim słodkim, chłopięcym uśmiechem. Gdy wchodzę do domu, wita mnie Crisps, biorę go ze sobą na górę i razem idziemy spać.

Rano budzę się za późno, ale z uśmiechem na twarzy, szybko się szykuję, mimo to wysiadam pod budynkiem firmy nieco spóźniona. Czy ja dobrze widzę, że przed wejściem stoi Ryan? Co on tu robi? Ok, spokojnie, nieważne, idę do pracy. Jest bardzo przystojny, ubrany elegancko, uśmiecha się do mnie z daleka. Niepewnym krokiem podchodzę do drzwi.

– Cześć. – Cześć? Jakby nigdy nic przyszedł mi powiedzieć cześć? A może wcale nie przyszedł do mnie?

– Cześć.

– Możemy porozmawiać?

– My – porozmawiać? A o czym?

– O tym, co się stało.

– Chyba żartujesz? Jesteś pijany? To, co się stało, było parę miesięcy temu.

– Wiem, że minęło sporo czasu, ale na przeprosiny nigdy nie jest za późno – uśmiecha się do mnie prosząco i łapie za rękę. – Proszę, chodź na herbatę naprzeciwko i poświęć mi dziesięć minut przez wzgląd na stare czasy.

– Dobrze, dziesięć minut. – Siadamy i zamawiamy herbatę, którą dostajemy natychmiast.

– Chciałem cię przeprosić za tamto, trochę późno zrozumiałem, jaki błąd popełniłem. Proszę o drugą szansę i wybaczenie, zrobię wszystko, co tylko zechcesz, jeśli postarasz się ze mną to naprawić. Jesteśmy idealni dla siebie, kocham cię i to z tobą chcę spędzić resztę życia.

– Proszę, nie graj na moich uczuciach. Skrzywdziłeś mnie i nie było cię, kiedy się załamałam, myślałam wtedy, że umrę. Nie ma szans, żebyśmy byli razem, nie potrafiłabym już ci zaufać, poza tym mam kogoś.

– Poradzimy sobie, Charlotte, ty się wybawiłaś, ja też odpocząłem, teraz możemy być razem jak dawniej.

– Nie, Ryan, już nie możemy. Przez wzgląd na stare czasy bądźmy przyjaciółmi, tęskniłam za tobą i nie chciałabym po tym wszystkim, co przeżyliśmy, nie mieć z tobą kontaktu, ale nic więcej nie mogę ci zaoferować.

– Dobrze, na razie tyle mi wystarczy, mam nadzieję, że z czasem to się zmieni i wrócimy do siebie. Dziękuję za taką szansę i przepraszam za to, że cię zawiodłem. Postaram się to naprawić.

– Błagam, nie mów tak, jesteśmy przyjaciółmi i nie chcę, żebyśmy byli kimś więcej. Pójdę już, bo jestem spóźniona. – Wstaje, żeby się ze mną pożegnać.

– Miłego dnia, i muszę ci powiedzieć, że ślicznie wyglądasz – przytula mnie, łapie trochę zbyt nisko i całuje w policzek, zbyt blisko ust.

– Dziękuję, miłego dnia – wychodzę i oddycham pełna piersią, muszę się uspokoić. Myślałam, że już o nim zapomniałam, że mi przeszło, ale gdy go zobaczyłam, wszystko odżyło. Jestem z jednej strony zła, że nadal ma na mnie wpływ, a z drugiej zadowolona, że chce do mnie wrócić. Nie będę o tym myśleć, bo zwariuję, mam Nicka i niech tak zostanie.

Dzień pracy dobiega końca, już mam wychodzić, gdy do gabinetu wchodzi Nick.

– Cześć, jeszcze chwila i byś mnie nie zastał. Wiesz, że jest coś takiego jak telefon i można się przez niego umawiać, prawda? – Nicka jednak to nie bawi, jest raczej przygnębiony.

– Chyba nie muszę się umawiać, gdy cię chcę odwiedzić? Czy może wolałabyś z jakichś powodów wiedzieć, kiedy mogę przyjść?

– Dobra, o co chodzi?

– A sama nie chcesz mi o czymś powiedzieć?

– Daruj sobie te podchody i mów.

– Ok, spójrz, co przed chwilą dostałem od Vicky – pokazuje mi telefon, a na nim artykuł na plotkarskiej stronie, którego nagłówek brzmi. „Charlotte i Ryan znów razem!!! Po wspólnie spędzonej nocy Ryan odwiózł ją do pracy. Wpatrzeni w siebie i znów zakochani razem wypili poranną kawę. Czyż nie wyglądają razem cudownie?". A pod spodem zdjęcia, jak trzyma mnie za rękę i przytula.

– Nawet nie czytam więcej, to są bzdury.

– Tego nie wiem. Akurat gdy mnie nie było na noc, jakieś pismo wymyśla takie coś? I skąd mają zdjęcia?

– Zdjęcia są wyjęte z kontekstu. Rano przyjechałam do firmy, pod którą czekał Ryan, chciał porozmawiać, poszliśmy na herbatę i tyle. Opowiedziałabym ci o tym.

– Jakoś w to wątpię. A można wiedzieć, o czym rozmawialiście? Przecież nie mieliście kontaktu.

– Nie mieliśmy, dlatego ja też byłam zdziwiona jego wizytą. Chciał do mnie wrócić, ale odmówiłam i powiedziałam, że już kogoś mam. Przeprosił, że mnie skrzywdził i postanowiliśmy, że zostaniemy tylko przyjaciółmi. Reporterów musiał ktoś zawiadomić, zdjęcia są wyjęte z kontekstu i to jedyne ujęcia, które nadają się do tej plotki.

– Ok, wierzę ci. Jest mi ciężko czytać coś takiego i myśleć, że to na pewno nieprawda, ale ci ufam i proszę, nie zepsuj tego.

– Nie mam zamiaru. – Podchodzi i mocno mnie przytula. – Już wszystko dobrze. Może jeśli masz dziś czas, pójdziemy na obiad, a później z psem na spacer? Poszukamy paparazzi, żeby zrobili nam zdjęcia, i może w końcu plotka im wyjdzie. A potem proponuję wspólną noc, żebyś się przekonał, że nikt oprócz ciebie nie wchodzi do mojej sypialni.

– Charlotte, ufam ci. Nie zawiedź mnie, chcę tylko szczerości.

– Ja też.

– Więc jeśli coś się zmieni między nami lub twoje uczucia się zmienią, powiedz mi o tym, nie będziemy się okłamywać. – Całuje mnie w usta i przytula, łapiąc za tyłek. – Ok, nieważne, teraz jesteś moja i zamierzam spędzić z tobą miły dzień.

XV

Jest niedziela, idę do kościoła, ubieram się w czarną spódnicę przed kolana i białą bluzkę. Msza jest o godzinie jedenastej, wchodzę parę minut przed i siadam w ławce. Kościół jest już prawie pełny, są tu głównie ludzie z okolicy, rozglądają się dookoła i widać, że obgadują i komentują każdą wchodzącą osobę. Przychodzą także biedniejsi ludzie z dzielnic pracowniczych, którzy starają się trzymać gdzieś z boku. Przede mną siedzi elegancka starsza pani, a obok jej ławki niepewnie stoi skromnie ubrana staruszka podpierająca się laską. Elegancka pani ani myśli na nią spojrzeć, a co dopiero wziąć torebkę, aby i tamta mogła sobie usiąść. Wstaję i zapraszam ją więc do naszej ławki, jest ciasno, ale wszyscy się zmieścimy, staruszka dziękuje mi i serdecznie się uśmiecha. Uśmiech to miły gest poprawiający humor i mówiący: „Widzę cię, ty też jesteś ważny", stać na to każdego, ale zauważyłam, że ludzie mający mniej, częściej właśnie tym obdarowują innych. Bogaci ludzie cierpią na jego deficyt, co wcale nie oznacza że w zamian obdarowują czymś innym.

Msza się zaczyna, prowadzi ją ksiądz, którego znam, lubię go słuchać, bo mówi z pasją. Nagłośnienie jest idealne, dopiero teraz słychać, jak fatalne było poprzednie. Na początku, gdy czyta, za kogo jest odprawiana dzisiejsza msza, dodaje: „A ja chcę dziś się pomodlić za osobę, która ufundowała kościołowi nowe nagłośnienie. Niech Bóg dalej przemienia jej serce i pokaże, jak wspaniałym jest człowiekiem". Msza jest pouczająca, mówi o miłości do bliźniego i kierowaniu się sumieniem. Jedyne co przeszkadzało mi we mszy, to małżeństwo obok, które rozmawiało i obgadywało ludzi, na przykład śpiewającą dziewczynkę, że nie ma talentu i kto w ogóle pozwolił jej śpiewać w chórze. Po mszy ludzie wychodzą, a ja zostaję i modlę się, dziś nie za siebie, tylko za ludzi, którzy się boją i cierpią, aby Bóg pokazał swoją wielkość i im pomógł. Mam też cichą nadzieję, że jak zwykle przyjdzie ze mną porozmawiać mój ksiądz. Nie myliłam się, nie muszę nawet zbyt długo na niego czekać.

– Dziękuję za nagłośnienie, jest niesamowite. Ekipa montująca była bardzo miła i profesjonalna, szybko się z tym uwinęli – mówi, gdy siada obok mnie.

– A ja dziękuję za modlitwę. Podoba mi się to, jak ksiądz prowadzi mszę, przeszkadzała mi tylko para obok, która obgadywała wszystkich. Co za obłuda słuchać o miłości do bliźniego, jednocześnie go obgadując. Po co się modlić, gdy to wszystko jest nieszczere.

– Widzisz, Charlotte, często tak się dzieje i ludzie nawet nie zdają sobie z tego sprawy, albo wiedzą, ale nie widzą w tym nic złego.

– Przypomniało mi się, dlaczego nie chodziłam do kościoła i go tak krytykowałam, nie chodzi o Boga, tylko o ludzi i niektóre zasady, na przykład „nie wolno nosić koszulek ma ramiączkach do kościoła". Brzmi dziwnie, ale nawet mi ją logicznie wytłumaczono, że jest to po to, aby nie kusić mężczyzn i ich nie rozpraszać.

– Lubię to, że masz swoje zdanie i lubię sposób, w jaki starasz się mnie sprowokować, ale to nieładnie.

– A ja cieszę się, że księdza poznałam, bo dzięki temu wierzę, że ta instytucja ma jakiś sens i że są tu też ludzie z powołaniem. Może mi ksiądz doradzi, bo ja wierzę w Boga, czuję jego obecność I z tą wiarą jest mi naprawdę dobrze, ale nie jestem przekonana co do wszystkich przykazań. Dokładnie chodzi mi na przykład o seks przedmałżeński, nie jestem pewna, czy Bogu to przeszkadza, jeżeli nikogo to nie krzywdzi, ja jestem wolna i on jest wolny. – Uśmiecha się pod nosem.

– Według mnie jesteś dobrą osobą, masz dobre serce i na pewno nie chciałabyś nikogo skrzywdzić. Ciężko cię do czegoś zmusić, więc jeżeli coś robisz, to jest to szczere. Żyj tylko, pamiętając o Bogu.

– Czasem nie mam ochoty żyć, czasem mam tak kiepski dzień, że każdy oddech sprawia mi trudność. Nie, niech ksiądz nic na to nie odpowiada, nie wiem, po co to mówię. Mam cudowne życie, na które nie mogę narzekać.

– Widać czegoś w tym cudownym życiu brakuje. Gdy następnym razem najdzie cię taki dzień, który każdego czasem spotyka, zacznij śpiewać, skakać, pobiegaj, obejrzyj kabaret, sięgnij po książkę, śmiej się, pomóż komuś obcemu.

– Dziękuję – za radę i za odzyskaną wiarę. Pamiętam jeszcze czasy, gdy u nas na wsi wykupowało się ławki. Ta rodzina, która miała więcej pieniędzy, siedziała bliżej ołtarza, ludzie zakładali swoje odświętne stroje tylko na niedzielę. Chore zwyczaje, bo biedniejsi czuli się po prostu źle. Zresztą nieważne, na ten temat można by rozmawiać i rozmawiać, wszędzie są ludzie z powołania i ludzie dla zysku, czasy się zmieniają, zwyczaje się zmieniają.

– Mnie też się wiele rzeczy nie podoba. Znajdź swoją drogę, zgodną z twoim sumieniem.

– Wiem już, co chcę robić i jak żyć. To moja wizytówka, gdyby ksiądz czegoś potrzebował – wstaję i szykuję się do wyjścia.

– Mam nadzieję, że nie przestaniesz przychodzić do kościoła?

– Nie, na pewno będę tu przychodzić i to, mam nadzieję, regularnie.

Cudownie jest wiedzieć, czego chcesz od życia. Wcześniej było ono mdłe i nijakie, teraz chcę to zmienić. Chcę pomagać innym, zmieniać czyjś świat na lepszy, to tak niewiele mnie kosztuje, a w zamian dostaję uczucie spełnienia. Idę do domu człowieka, który kiedyś u mnie pracował. Kiedyś, bo zwolniłam go za nienapisanie ważnego raportu, tłumaczył się porodem żony, ale co mnie to wtedy obchodziło. Później przyszedł jeszcze do mnie prosić o drugą szansę, że nie ma za co utrzymać rodziny, że zrobi wszystko, ale poświęciłam mu jedynie minutę, a wszystko, co ode mnie usłyszał to było „nie". Wiem, gdzie mieszka, bo to niedaleko mnie, mieszkanie, samochód, sprzęt, wszystko na kredyt. Dzwonię do drzwi, gdy je otwiera i mnie widzi, stoi ze zdziwioną miną i nic nie mówi.

– Mogę wejść?

– Pani prezes? Nie wiem, czemu zawdzięczam tę niemiłą wizytę, ale proszę. – Wchodzę do salonu, w którym na ścianie jest ślad po telewizorze, ślad, bo telewizora już tam nie ma. Do pokoju wchodzi jego żona i patrz na mnie z nienawiścią w oczach.

– Zanim coś powiesz, wiedz, że przyszłam przeprosić.

– Przeprosić?! Zniszczyłaś nam życie i myślisz, że „przepraszam" po trzech miesiącach wystarczy? Nie masz serca i nie szanujesz ludzi, dziękujemy za twoje przeprosiny, ale idź już – powiedziała kobieta i wskazała mi drzwi.

– Przestań, kochanie, miała do tego prawo, dziękujemy za odwiedziny i za przeprosiny, ale jesteśmy zajęci.

– Nikt nie ma prawa tak traktować ludzi, przepraszam i proszę o wybaczenie. To jest czek, który, mam nadzieję, chociaż trochę wynagrodzi krzywdę, jaką wam wyrządziłam. I liczę na to, że zechcesz od jutra wrócić do pracy.

– Nie trzeba, nie jest mi pani nic winna.

– Oczywiście, że jestem i mam nadzieję, że kiedyś mi wybaczycie. Pójdę już, wróć jutro do pracy.

– Dziękuję, będę jutro na pewno. – Oboje odprowadzają mnie do drzwi, w oczach kobiety już nie widzę nienawiści, tylko łzy. – Dlaczego pani to robi, czego pani chce w zamian? – pyta zdziwiona.

– Tylko jednego, nie mówcie o tym nikomu, wróć normalnie do pracy i nie mów o żadnym czeku.

Wychodzę na ulicę i uśmiecham się sama do siebie, oddycham pełną piersią, czuję się wspaniale, dobrze, że zdążyłam ich przeprosić.

XVI

Dziś firma nie pracuje, każdy pracownik szykuje się na wieczorne przyjęcie z okazji rocznicy powstania przedsiębiorstwa. Słyszę dźwięk SMS-a, podchodzę do stołu, gdzie leży telefon, to od Nicka.

„Uznałaś, że nie mam garnituru, i dlatego przysłałaś mi go kurierem?"

„Nie, ale na pewno nie masz takiego garnituru. Nie oznacza to, że się ciebie wstydzę, tylko chcę, żebyś się czuł dobrze w tym towarzystwie, a garnitur na pewno w tym pomoże."

„Nie potrzebuję markowych ubrań, żeby czuć się dobrze."

„Proszę cię, nie rób z tego problemu, zrobiłam to dla twojego dobra, ale jeśli nie chcesz, to nie musisz go zakładać. Możesz przyjść, w czym tylko chcesz, mój chłopaku, którego pozna dziś cała firma. Do zobaczenia niedługo."

Ubieram elegancką czarną sukienkę do połowy uda z wyciętymi plecami i czarne szpilki za kostkę. Muszę do tego założyć duże złote bransoletki, które zakryją moje blizny, wyglądam idealnie, i to w samą porę, bo słyszę dzwonek do drzwi. Otwieram i widzę nieziemsko przystojnego Nicka, to prawda, że w drogich garniturach wygląda się lepiej.

– No proszę, jakiego mam przystojnego chłopaka! Dobrze, że go założyłeś. Wszystkie będą mi ciebie zazdrościć.

– Dziękuję za niego, wiem, że chcesz dla mnie dobrze, a ja jak zwykle niepotrzebnie się oburzam. Zachowuję się czasem jak gbur, a ty i tak ze mną jesteś i mnie lubisz, uwielbiam cię za to, wiesz?

– Wiem.

– Pięknie wyglądasz, jesteś taka seksowna, że już sobie wyobrażam, o czym będzie tam myśleć każdy mężczyzna. Ale mam to szczęście, że to ja przyjadę z tobą do domu i te myśli urzeczywistnię – całuje mnie namiętnie, a jego ręka wędruje pod moją sukienkę i dotyka moich pośladków.

– Chodźmy już, bo nam nie wypada się spóźnić, weź kluczyki, będziesz prowadzić. – Gdy dojeżdżamy na miejsce, jesteśmy jednymi z pierwszych, chociaż samochód Clarka oczywiście już stoi. Wchodzimy do dużej, ustrojonej sali, a w drzwiach wita nas zmartwiony Clark.

– A ty co masz taką pochmurną minę, nie pasuje ona do okazji. – Obok stoi jego żona Anna. – Witaj, Anno, dawno się nie widzieliśmy, ślicznie wyglądasz – witam się z nimi całusem w policzek. – A to jest mój chłopak, Nick.

– Miło mi was poznać, zwłaszcza że dużo słyszałem o tobie – podaje Clarkowi rękę, a Annę całuje w policzek.

– Mnie też miło cię w końcu poznać, odkąd Charlotte się z tobą spotyka, nie poznaję jej. Ale muszę ją na chwilę porwać, bo mam jej coś do powiedzenia.

– Clark, daj spokój, nie zajmuj się dziś pracą. Przecież na imprezie panuje zasada: zero rozmów o interesach – prosi go Anna.

– Ale to nie chodzi o pracę, tylko o dzisiejszy wieczór, kochanie.

– To mów tutaj, skoro o dziś, to każdego dotyczy – nie chcę zostawiać Nicka samego, bo już schodzi się coraz więcej osób.

– No dobrze, więc nie zgadniesz, kto dziś potwierdził swoje zaproszenie. Ryan! Podobno rozmawiał z tobą i sobie wszystko wyjaśniliście. – Nick spogląda na mnie zaciekawiony, o co w tym wszystkim chodzi, więc staram się mu to wyjaśnić.

– Dawno temu, jak byliśmy razem, Ryan zażartował, że nie przyjdzie na imprezę, bo nie dostał zaproszenia, więc też w formie żartu zrobiłam zlecenie stałe, aby co roku pocztą przychodziło mu to zaproszenie, tak robimy dla naszych stałych klientów. Powiedziałam mu, że będzie je dostawał, żeby wiedział, że już zawsze jest mile widziany. – Clark nadal nie wie, że się z nim widziałam, więc jemu też to muszę w skrócie wyjaśnić: – Przyszedł kiedyś pod firmę, chciał porozmawiać, powiedziałam mu, że kogoś mam i że możemy zostać przyjaciółmi i to wszystko. Nieważne, jeśli chce, niech przyjdzie, uśmiechnij się i baw dobrze.

– Chodź, porozmawiajmy też z innymi – mówię do Nicka i biorę go na bok. – Przepraszam, że tak wyszło i że Ryan tu będzie, zupełnie o tym zapomniałam.

– W porządku, niech przyjdzie, ja nie mam nic przeciwko, będzie miał okazję, zobaczyć, że jesteś moja i że nie ma już u ciebie szans. – Uwielbiam, gdy się tak do mnie uśmiecha. Witamy się z gośćmi i z każdym staram się zamienić parę słów. Osoby pracujące w mojej firmie przyglądają się z zaciekawieniem, kim jest mój nowy chłopak. Nagle do sali wchodzi Ryan w towarzystwie Marka, a oczy wszystkich odwracają się w ich stronę.

– Nie wiedziałem, że oni się przyjaźnią – szepcze do mnie Nick.

– Nie przyjaźnią się, właściwie wcześniej to nawet nie bardzo się lubili, ale widać wspólny wróg łączy. Mark też co roku dostaje zaproszenie, a właściwie to jego ojciec je dostaje, bo firma prowadzi z nim interesy, ale to Mark zawsze przychodzi, jako jego prawa ręka. Będę cały czas przy tobie, więc o nic się nie martw

– Spokojnie, nie boję się ich – nie zdążył nic więcej powiedzieć, bo obaj już do nas podchodzą.

– Cześć, księżniczko – mówi Ryan i całuje mnie w policzek. – A to musi być Nick – podaje mu rękę, jest pewny siebie i panuje nad sytuacją, widzę, że Nick czuje się przy nim niepewnie.

– Cześć, Ryan. Nie spodziewałam się, że przyjdziesz, nawet zapomniałam, że dostałeś zaproszenie.

– Dlaczego miałbym nie przyjść? Jesteśmy przyjaciółmi, chcę spędzać z tobą czas i będę świętować sukcesy, tak jak to było do tej pory.

– Więc baw się dobrze.

– Mam nadzieję, że tak będzie. Czym się zajmujesz, Nick, w jakiej branży pracujesz? – zwraca się w jego kierunku.

– Skoro jesteś tu co roku, powinieneś już zapamiętać, że dziś nie rozmawiamy o pracy – napominam go, zanim Nick zdążył cokolwiek powiedzieć.

– Masz rację, zresztą Mark wspomniał mi, czym się twój nowy chłopak zajmuje, ale sądziłem, że to żart.

– Widzę, że ciężko jest ci znieść fakt, że mimo swojej popularności i pieniędzy nie możesz dostać tego, czego chcesz. – Dawno nie widziałam tego ironicznego uśmiechu Nicka, muszę przyznać, że ma on swój urok.

– To się okaże. Charlotte, widziałaś artykuł w internecie? Myśleli, że już do siebie wróciliśmy.

– Właśnie widziałam i dziwi mnie fakt, że tylko raz się widzieliśmy i już nam zrobiono zdjęcia, wygląda to tak, jakby ktoś go poinformował fotografa, gdzie i kiedy ma być. Z Nickiem przebywam dużo częściej i nikt nam nie robi zdjęć.

– Proszę, spójrz na niego i na siebie, twoje buty są droższe niż cała jego garderoba. Być może uważają, że nie warto robić ci z nim zdjęcia, bo jest na przykład z obsługi. Wydaje mi się, że raczej biorą go za twojego pomocnika niż chłopaka. Przecież ty gardziłaś takimi ludźmi, a teraz… – Ryan uśmiecha się ironicznie.

– Tak właściwie, Ryan, jak twoja sex-taśma? – pyta Nick, a ja czuję ukłucie w sercu na to wspomnienie.

– W porządku, sytuacja opanowana, dziękuję za troskę.

– Piękny garnitur, wypożyczony, czy Charlotte ci kupiła? – kpi Mark.

– Charlotte, sam nie wybrałby tak dobrego garnituru. Jak zwykle świetny wybór, kochanie, masz idealny gust – stwierdza Ryan.

– Jakie to uczucie, nadal mówić do byłej dziewczyny „kochanie" i wiedzieć, że teraz ja tak do niej mówię, gdy przy niej zasypiam? Nie czujesz się jak idiota?

– Cóż za słownictwo! Od razu, mimo za drogiego garnituru, na który nigdy sam nie zarobisz, widać, kim jesteś i skąd pochodzisz.

– Ryan, wystarczy, przyszedłeś tu, aby zepsuć mi wieczór? Jeżeli jeszcze raz obrazisz Nicka, zapomnę o naszym postanowieniu zostania przyjaciółmi.

– Przepraszam, to twój wieczór, ciesz się nim. Chcę mieć z tobą kontakt, bo zbyt wiele razem przeżyliśmy, aby teraz nawet nie rozmawiać. Mam nadzieję, że twój nowy chłopak będzie cierpliwie czekać na ciebie w domu, gdy wyjdziemy na przyjacielską herbatę. Wybacz, Nick, nie chciałem cię obrazić.

– Nie będzie się z tobą spotykać na herbatę, więc problem, czy będę, czy nie będę czekał, już się rozwiązał.

– Uwierz mi, że nie ty będziesz o tym decydować. Widać, że nie znasz Charlotte.

– Powiedziałam „wystarczy" – opieram się o Nicka i kładę głowę na jego ramieniu, żeby pokazać Ryanowi, że nie żartuję z tym, że mi na nim zleży. Nick jest zdecydowanie zadowolony, bo przytula mnie jedną ręką i całuje w głowę, nie mówiąc już o ironicznym uśmiechu. Zaczyna lecieć wolna piosenka, przy której ja i Ryan uwielbialiśmy tańczyć, to była nasza piosenka.

– Nie możesz mi odmówić, chodź, to nasza ulubiona piosenka, zawsze przy niej tańczyliśmy – Ryan wyciąga w moją stronę rękę, a ja nie wiem, co mam zrobić. – No, chyba nie mam pytać twojego chłopaka o zgodę? Proszę, chodź.

– Dobrze. Poczekasz tu na mnie? – pytam i patrzę na reakcję Nicka, uśmiecha się i puszcza oczko. Ryan łapie mnie za rękę i pociąga za sobą na parkiet, tańczmy trochę zbyt mocno przytuleni, a wszyscy na nas patrzą.

– Przepraszam, jeżeli cię zdenerwowałem, nie chcę cię już nigdy skrzywdzić. Mogę ci to jakoś wynagrodzić? – szepcze mi do ucha.

– Możesz być miły dla Nicka, to, że będziesz starał się go upokorzyć przy mnie, nic ci nie da.

– Dobrze, po prostu jakoś on mi nie pasuje do ciebie.

– Zmieniłam się ostatnio. Ciężko mi było po naszym rozstaniu, dlaczego dopiero teraz chcesz wszystko naprawiać?

– Dopiero teraz zobaczyłem, co straciłem. Już nie zrezygnuję z ciebie, znów możemy być szczęśliwi. – Piosenka się kończy, Ryan podnosi moją rękę do ust i ją całuje, nasze twarze są pięć centymetrów od siebie. Serce bije mi mocniej, muszę od niego odejść, przy nim nie ufam sama sobie.

– Na razie ci ją oddaję, dziękuję za taniec, baw się dobrze – odchodzi i zostawia mnie z Nickiem, który nie jest zachwycony tym, co widział.

– Przepraszam, że musiałeś to znosić.

– To nie twoja wina, według mnie to do nich nie pasujesz, nie jesteś takim człowiekiem jak oni, jesteś dobra i pełna współczucia.

– Nie jestem o tym przekonana, a już na pewno kiedyś taka nie byłam.

– Ale ja jestem, trochę cię już poznałem.

– Chodź, porozmawiamy z kimś milszym, mimo wszystko postaraj się dobrze bawić. – Nick odnajduje się w towarzystwie, reszta przyjmuje go jak swojego. Jest mądrym chłopakiem, który potrafi słuchać i porozmawiać na każdy temat, wie, co wypada powiedzieć, a co lepiej przemilczeć. Imponuje mi swoim dobrym wychowaniem, tym bardziej, że tak naprawdę on sam się wychowywał. Goście pomału zaczynają wychodzić, wieczór był udany. Ryan zostaje do samego końca i jakby nigdy nic bawi się i ze wszystkimi rozmawia.

– Jesteś już zmęczona, wystarczy wrażeń na dziś, idź do domu i odpocznij, my zostaniemy, aż wszyscy nie wyjdą – podchodzi do nas Clark z Anną.

– Masz rację, nie myślę o niczym innym jak przytulne łóżko. Dziękuję, Clark, i chciałabym, żebyś przyszedł do mnie w poniedziałek z samego rana, muszę z tobą porozmawiać o czymś ważnym. – Dobrze, będę, ja też chcę ci o czymś powiedzieć. – Żegnamy się z nimi i wychodzimy, gdy już jesteśmy na dole, przed budynkiem doganiają nas Ryan i Mark.

– Wyszłaś bez pożegnania, chciałem ci coś jeszcze powiedzieć – mówi Ryan i łapie mnie za rękę. Zanim udaje mi się coś powiedzieć, przyciąga mnie do siebie i delikatnie całuje. Wkłada mi język do buzi, a ja… Ja odwzajemniam pocałunek. Tęskniłam za nim. Obok stoi wściekły Nick, chciał do nas podejść, ale Mark zagrodził mu drogę.

– Sama potrafi sobie poradzić, gdyby chciała, to by go odepchnęła – mówi Mark.

– Kocham cię. – mówi Ryan, gdy przestaje mnie całować. Nie wiem, co powiedzieć, więc nie mówię nic. Ryan odchodzi i zostawia mnie z Nickiem, który patrzy na mnie ze smutkiem.

– Przepraszam – tylko to jestem w stanie powiedzieć, bo jest mi wstyd, nie wiem, czy żałuję tego, co się stało, czy nie. Żałuję na pewno tego, że przeze mnie Nick czuje się źle. Podchodzi do mnie i mnie mocno przytula.

– Widziałem, jak na niego patrzyłaś przez cały wieczór, jak go całowałaś… Nie wiem, dlaczego jesteś ze mną, czy czujesz do mnie coś więcej niż sympatię, i co teraz zrobisz, gdy masz możliwość do niego wrócić. – Słucham wtulona w niego, podnosi moją głowę i patrzy mi w oczy. – Chcę tylko, żebyś wiedziała, że cię kocham. – Nie umiem znieść jego smutnego wzroku, znów kładę głowę na jego klatce i przytulam go mocniej. – Zakochałem się w tobie i daję ci wybór: możesz do niego wrócić, jeśli to on da ci szczęście, nie będę mieć ci tego za złe, a nawet będę trzymał kciuki, żebyś była szczęśliwa, bo na to zasługujesz. Jeśli stwierdzisz, że to ze mną chcesz zostać, musisz o nim zapomnieć, nie chcę czuć się przy nim niepewnie, chcę wiedzieć, że to ja jestem ważniejszy. Zastanów się nad tym, jutro będę czekać, aż się odezwiesz i powiesz mi, co postanowiłaś. Pamiętaj, że to ty masz być szczęśliwa i myśl tylko o sobie, a nie o tym, co ja czy on pomyślimy. Mieliśmy być szczerzy względem siebie i tylko tego oczekuję. Chodź, odprowadzę cię do samochodu.

– Dziękuję, jesteś najlepszy. – Całuje mnie w policzek, otwiera mi drzwi, puszcza do mnie oczko, zamyka je za mną i odchodzi.

Gdy dojeżdżam do domu, biorę koc i siadam na mojej kanapie, obok śpi mój psiak. Nie wiem, co mam myśleć, a najgorsze jest to, że nawet nie wiem, co czuję. Jest mi źle, drapię się po nadgarstku, na którym wyczuwam blizny, spoglądam na nie i przypominam sobie, jak się wtedy czułam. Wszystkie moje błędy wpływają na to, kim teraz jestem, każda blizna, każda łza – to doświadczenie. Co mam teraz zrobić? Boję się, że podejmę złą decyzję, a potem będzie za późno, aby ją zmienić. Czasem koniec świata jest dopiero początkiem, początkiem nowego, może to mój początek?

REDAKCJA: Dorota Rybak
KOREKTA: Wioletta Cyrulik
OKŁADKA: Michał Duława
ZDJĘCIE NA OKŁADCE: iStock.com – mammuth
SKŁAD: Anita Sznejder
DRUK I OPRAWA: Elpil

Wydanie pierwsze
ISBN 978-83-7942-574-7

NOVAE RES – WYDAWNICTWO INNOWACYJNE
al. Zwycięstwa 96/98, 81-451 Gdynia
tel.: 58 698 21 61, e-mail: *sekretariat@novaeres.pl*, *http://novaeres.pl*

Publikacja dostępna jest w księgarni internetowej *zaczytani.pl*.

Wydawnictwo Novae Res jest partnerem
Pomorskiego Parku Naukowo-Technologicznego w Gdyni.

PPNT Gdynia